01

左夜◎著

御火成仙

CONTENTS

目錄

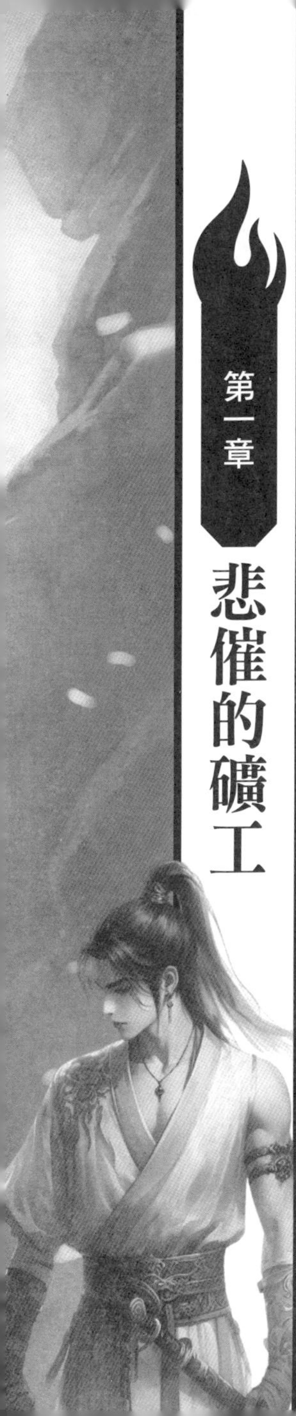

第一章

悲催的礦工

十字鎬敲在堅硬的岩石上，不斷迸發出火星。葉御晃動腦袋，讓額頭的汗水隨著塵埃流下來。

進入土崛宗八年，四年的時間在挖礦，葉御也不知道自己是什麼命，是不是太倒楣了？

八歲被仙師選中，說是有靈根可以修行，然後葉御成為外門弟子四年，只傳授了一門基礎的《天工經》。修行天工經沒修煉出真氣，力氣倒是增長了許多，實打實的增長，然後十二歲那年被送到礦山開始採礦。

哪怕是再懵懂，八年的時間葉御也反應過來了，土崛宗根本不是認為自己有修行的資格，而是需要一個挖礦的苦力，傳授天工經，為的是讓苦力們有足夠的力量挖礦。

葉御這樣的倒楣孩子還有許多，在他們這批苦力來到礦場時，這裡還有數百個更早之前入門的倒楣蛋。

挖礦不能偷懶，而是有考核任務的，十天為一個結算週期，必須挖出百斤的赤火銅礦石，最初兩年是在貧瘠的主礦開採積累經驗，然後可以自行探索礦坑挖掘。

葉御自行挖出來的礦坑還不錯，如果沒有那群傢伙的勒索，每個結算週期上交任務富富有餘。

上交宗門的任務是每十天繳納一百斤的赤火銅礦石，自稱礦區護礦隊的那群吸血鬼每次卡在上交之前抽成，最少也要拿走十斤赤火銅礦石。如果你採得多，那對不住，要按照十分之一的比例抽成。

藏起來也沒用，那群傢伙會進入礦坑檢查，如果發現哪個礦工私藏礦石，就得挨一頓暴打。這些傢伙是更早來到礦場的礦工，但是他們勾結了礦場的監工，因此護礦隊為所欲為，囂張掠奪其它礦工辛苦挖掘出來的礦石，估計和監工一起分贓了。

葉御用袖子擦去額頭的汗水，塵埃混合汗水變成的汙垢被擦掉，露出了清秀的臉頰，破舊的短打衣服之下是精壯的肌肉，哪怕是淪落為礦工，葉御依然每天堅持不輟修行天工經。

現在葉御可以篤定地說，天工經根本不是什麼仙法，而是一門增長氣力的秘法，為的就是批量培養礦工。

每天挖礦，鬱悶修行，八年的時間，葉御的力量增長很多，現在已經卡在了一個瓶頸期，半個月沒有任何進展了。

現在已經是提升的極限？葉御舔舔乾枯的嘴唇，如果天工經沒辦法繼續讓自己力量增加，那就得考慮如何逃走了。

護礦隊的掠奪，礦工認命了，葉御也認，好漢不吃眼前虧，被毒打導致嘔血而死的前輩，用自己的命告訴礦工們，打不過的。

不是沒有人試圖逃走，可惜周圍是莽荒的連綿群山，想逃也不知道往哪裡逃，尤其是周圍的群山中不僅有猛獸，還有妖獸出沒。

葉御想逃走，這個念頭早就滋生了，如何逃過監工的追捕，如何抵禦山中的猛獸乃至妖獸，葉御一直在默默謀劃。

四年前乘坐飛舟來到這座礦山的時候，葉御看到飛舟是從東方飛入群山，也就是說向西逃，才能逃到有人煙的地方，當時飛舟應該飛過了幾百里的距離，那就代表如果想逃，必須逃出幾百里才行。

一把報廢的十字鎬，沒有上交而是被葉御偷偷打磨為一把鑿子般的武器，沒辦法的事情，打磨十字鎬的磨刀石數量有限，就如同食物一樣是限量供應。

若是十天一次的結算週期上交的礦石不足，食物會因此而減少，因此為了活命，礦工們不得不賣命挖礦。

明天就是結算週期，到今天為止，葉御已經挖出了一百一十斤左右的礦石，一顆顆暗紅色的礦石，這就是葉御的勞動成果。

葉御每天還有閒心修行天工經，足以說明葉御游刃有餘，如果葉御挖礦更努力一些，受益會更多。當然葉御每次必然卡在一個非常精准的線，也就是除了護礦隊剝削的礦石之外，剩下的礦石足夠葉御上交任務。

十字鎬敲在了下方突起的岩石上，傳來的反震力讓葉御露出笑容，搞定這塊礦石，今天就收工。

十字鎬小心敲碎周圍的岩石，血紅色的光芒從石縫中迸發出來。

葉御愣住，發光？赤火銅礦石不可能會發光啊。

葉御蹲下來，用廢棄十字鎬打磨出來的鑿子小心撬開周圍的石頭，一顆拳頭大小的赤紅色寶石露出來。

就是這顆赤紅色的寶石在綻放出令人目眩神迷的光芒，葉御艱難地吞下口水，這絕對是寶石，如果不是寶石，怎麼可能在幽暗的礦坑中迸發出光芒？

葉御的眼睛忽然呆滯，十字鎬刨下去的時候，應該把這顆寶石敲出了一道裂紋，當周圍的碎石被撥開，可以看到赤紅色的液體滲出來。

葉御慌亂地用鑿子撬，結果忙中出錯，寶石的裂紋越來越大，葉御急忙用手捂住寶石的裂紋，一種鑽心的燒灼感從指尖傳來。

葉御目眥欲裂，十指連心，如果是尋常的磕碰傷，葉御還能忍住，問題現在是燒灼般的痛苦，葉御只能咬緊牙關不讓自己發出聲音。

他雙手用力，把這塊出現裂縫開始流漿的寶石摳出來，下面的岩石傳來崩塌的聲音，一個幽暗的地洞出現，葉御隨著坍塌的岩石掉落在地洞中。

地洞並不是很深，葉御的慘叫聲還沒響起就咕咚摔在地上，破碎寶石流出來的液體，似乎正在順著手指把恐怖的熱流傳入葉御體內。

殘破寶石的光芒照亮了地洞中，葉御額頭青筋蹦起，震驚地看著這個隱藏在礦洞深處的地下密室。

絕對是人為建造的密室，沒有門窗，只有一具披著灰色道袍的枯骨坐在中間的石臺上。

這塊寶石就是開啟密室的門戶？沒有真正的修行，不妨礙葉御和其他礦工閒聊時增長了許多見識，能夠把自己的身體藏在礦洞深處，這不是尋常的修道之人所能做到的，這樣的大人物留下的骸骨，必然有著無法想像的曠世奇緣。

葉御想要放下寶石，結果破碎的寶石彷彿黏在了葉御手上，葉御痛得蹲下來，用腳踩著寶石試圖掙脫。

寶石裡面的液體並不多，當葉御終於掙脫成功，液體也全部滲入到葉御的體內，破碎的寶石也不再發出光芒，體內彷彿烈火燃燒，葉御痛得蜷縮成一團。

不敢發出聲音，唯恐這份天賜奇緣被護礦隊他們發現，葉御不知道在熱流的折磨下堅持了多久，當他終於緩過一口氣，第一時間沿著洞口爬出去。

密室的存在必須遮掩起來，葉御飛快搬起一塊塊巨大的岩石擋在地洞前，然後拼命掄起十字鎬在側面開挖，製造他循著礦脈向另一個方向挖掘的假象。

在葉御拼命輪動十字鎬的時候，體內的熱流在全身湧動，葉御汗出如漿，一次次灌水讓自己解渴，喝下去的水迅速化作帶著腥臭味的汗水流淌出來，同時也帶走了體內的燒灼般痛苦。

葉御玩命開挖，他選擇的這個方向礦石蘊藏相當豐富，礦洞向裡面延伸，一塊塊埋藏著岩石中的赤火銅礦石被挖掘出來，丟在前幾天挖出來的礦石堆中。

照明的油燈熄滅，恰好能夠照明十天十夜的燈油沒有了，也就意味著這個結算週期即將來臨。

葉御全身被汗水打濕，沾染挖礦迸起來的塵埃，讓他髒得像個泥猴。而且因為體內熱流催動汗水瘋狂流淌出來，導致葉御身上的味道一言難盡，刺鼻子的那種難聞。

說笑聲隨著油燈的光芒接近，葉御掙扎著站起來，恭敬靠著石壁等候，三個男子提著油燈走進來，看著地上堆放的赤火銅礦石，這三個人眼睛亮起來，至少有一百五十斤，這個叫做葉御的小子肯賣力了啊。

葉御滿臉賠笑說道：「徐哥，胡哥，羅哥，這一次我好像找到了富礦脈。」

這幾年葉御幾乎就是卡著能夠滿足最低份額的數量交差，許多人懷疑葉御就是在消極怠工，現在葉御找到了富礦，挖掘出來的礦石明顯增加了。

為首那個馬臉的男子說道：「小葉啊，這一次算你有福氣了。」

葉御歡喜說道：「胡哥滿意就好，給小弟留下一百斤交差就可以，其它的部分送給幾位大哥，感謝幾位大哥這些年的關照。」

這三個人相互看了一眼，哎呦，真懂事的孩子，沒枉費我們這幾年的敲打，你看，時間長了，就懂得孝敬了。

礦場裡面的幾百個礦工，如果個個如同葉御一樣懂事，我們的日子得多愜意？畢竟打死礦工的話監工那裡也不好交代。

胡哥拍了拍葉御的肩膀說道：「這一次你上交之後，會有肉食賞賜，今後好好幹，給大家做個表率。」

拍完了葉御的肩膀，胡哥迅速縮回手，這個傢伙怎麼會這樣臭？掉糞坑裡了？以前這個小子看著很乾淨的樣子，眉清目秀，今天這是咋了？

大約五十斤的礦石被拿走，剩下的堪堪讓葉御交差，這三個人離開，葉御靠著洞壁滑坐在地上，最大的秘密保住了，些許礦石就當餵狗了。

依然有灼熱的感覺在右上腹傳來，這裡是肝臟的位置，葉御方才是強顏歡笑，如果有可能的話，葉御恨不得用十字鎬把他們三個的狗腦袋鑿穿。

肝臟的灼熱帶來的無名怒火讓葉御握著拳頭擠出笑臉，十天剝削一次，四年的時間，足足被剝削了上百次。

所有的付出值得，上古修道人的藏身之地肯定有巨大的秘密，葉御也不知道自己到底能不能修行，只是人活著，總得有點念想不是？萬一行呢？

足足靠著洞壁坐了幾個時辰，葉御才用背簍裝著赤火銅礦石蹣跚走出礦洞，一百斤稍多的礦石，換來了未來十天的食物還有燈油。

當然今天葉御態度端正，負責打飯的老者給了葉御一大塊妖獸肉，這算是額外的福利，畢竟主動獻上了五十斤左右的礦石。

在別的礦工豔羨的眼神中，葉御用背簍裝著食物和燈油返回自己的礦洞，然後重新走出去，在山溪處洗乾淨身體，並裝滿了水壺。

洗澡的時候，葉御使用木板刮著身體，才能把黏稠的汙垢弄下去，寶石中的火焰進入體內，讓葉御全身的毛孔沁出黑色的腥臭汙垢，葉御自己聞起來也覺得噁心。

燒餅易於保存，鹹菜也是如此，至於妖獸肉？多久沒吃到了？中秋節和新年來臨的時候才有妖獸肉作為福利。

葉御撕下一小條妖獸肉夾在燒餅中慢慢咬著，妖獸肉很香，也很補，但是絕對不能多吃，絕不能因為嘴饞而讓自己萬劫不復。

遲疑的腳步聲傳來，一個蓬頭垢面的男子提著油燈走進來，吞著口水說道：「葉老弟，聽說你得到了一大塊妖獸肉，好像有好幾十斤呢。」

葉御灌了一口水說道：「嗯，數量不多，我要留著慢慢吃。」

男子磨蹭著走進來說道：「吃獨食不好吧，也不怕撐死了？在這裡混日子，沒人幫襯可不行。」

葉御這個膩歪，面對護礦隊的時候你慫得跟一個孫子似的，咋？你覺得我好欺負，所以搶我到手的肉？妖獸肉我肯定不敢多吃，只是寧可扔了，我也不會讓你搶走。

男子握著十字鎬逼近說道：「有福同享，有難同當，否則今後誰把你當兄弟看？」

男子警惕地看著葉御，同時彎腰伸手去抓妖獸肉，葉御沒動，在男子的手即將抓住妖獸肉的時候，葉御一腳踹過去，直接踹中男子的腳踝。

男子站立不穩向前傾倒，葉御右肘帶著風聲搗過去，正中男子的面門，男子慘叫著捂住流血不止的鼻子，葉御說道：「滾出去，你敢動傢伙什，我讓你死在這兒。」

別的礦工要麼玩命挖礦，為的是多採集礦石換取妖獸肉做獎勵，這是不要命的。要麼完成了任務就偷懶廝混，這是混吃等死的。還有些礦工運氣不好或者不肯賣力氣，導致總是完不成任務。

葉御每天有條不紊採礦，剩下的時間就算默默修煉天工經，挖礦四年，一天也沒休息。

打架？葉御相信自己不會輸；力氣？這四年的時間修行不輟，葉御的力量一直在緩慢增長，半個月前力量停止增長，葉御也沒放棄修行。

男子抬頭，含糊不清罵道：「操，碧養的，你敢打我？」

葉御隨手抓起一塊岩石直接砸在男子的頭上，咕咚一聲悶響，男子頭破血流，他驚恐看著心狠手辣的葉御，再也不敢吭聲。

葉御歪了歪下頜，滾就一個字，別讓我說第二次。

男子提著十字鎬，硬是沒敢出手，就那樣怨毒地看著葉御退出去。

胡歌他們在遠方的高處觀望，看到蓬頭垢面的男子滿臉是血，一瘸一拐，搖搖晃晃退出來，他們相視而笑，那個叫做葉御的小子，真看不出來夠狠啊。

作為監工的幫兇，他們勒索礦工有自己的標準，那些眼神桀驁不馴的狠角色，他們會少搜刮一些，免得鬧翻了不好收場。

至於那些窩囊廢，他們下手的時候絕不容情，該收多少就收多少，不滿意？你吱一聲試試？

葉御這種人畜無害，總是卡著數量繳納礦石的礦工，肯定是心中有數，一個能夠總是精准控制採礦數量的傢伙，說他沒心機，你信啊？

這一輪葉御採礦的數量明顯超過了原來的標準，還積極主動把額外的礦石上供了，胡哥他們覺得有些反常，他們想看看葉御領到了妖獸肉之後的情況。

現在看到了，一個蠢貨進入了葉御的礦洞，然後滿臉是血狼狽走出來，葉御這小子敢下死手啊，今後得防備點。

看人下菜碟，這是在礦場吃白食的基操，若是不分青紅皂白對那些敢玩命的狠角色也拼命搜刮，那麼有人拼命的時候咋收場？

數百個礦工，若是有人挑頭鬧事，大部分礦工跟著起事，監工也得懵。土崛宗需要這批礦工挖礦，若是集體造反，還能全殺了？礦工來之不易，這屬於土崛宗的重要資產。

葉御把打算搶肉的礦工一頓毒打，證明這小子不是那麼好欺負，今後收取礦石的時候，可以對他少收一些。

直到夜色降臨，附近礦坑叮叮噹當的開鑿聲音逐漸消失，恢復了許多的葉御提著油燈小心掀開封堵的岩石，讓那個幽暗的洞穴露出來。

礦洞本來就幽深，外面的光線照射不進來，現在是夜晚，礦洞裡面的洞穴自然更加幽暗。

葉御提著油燈準備跳進去的時候愣了一下，模模糊糊中葉御隱約看到了洞穴裡面的骸骨，還有不再發光的寶石碎片。

葉御閉上眼睛，再次睜開的時候確信了，他真的看到了。

葉御把油燈的燈芯向下按了按，讓油燈變得更加昏暗，這樣可以減少燈油的消耗。燈光暗淡的油燈被放在一塊岩石後，不讓油燈的光芒照在洞穴處，葉御吞了吞口水，沒有了油燈的燈光，洞穴裡面的情況更加清晰。

葉御心跳加快，難道是那顆寶石沁出來的灼熱液體入體，導致自己的眼睛發生了不可思議的變化？而不僅僅是全身排出汙濁泥垢這麼簡單？

葉御無聲無息攀援而下，重新來到洞穴，看著盤膝坐在石臺上的骸骨，葉御直接跪在屍骸面前叩首。

天大的機緣就在眼前，多磕幾個沒毛病，用聽到的說法來講，這叫得到了衣缽傳承。

骸骨身上耷拉的道袍垂下，露出裡面瑩白如玉的骨骼，葉御一口氣磕了九個頭，這才抬頭小聲說道：「前輩，晚輩葉御，今日有幸覲見您老人家的遺容，晚輩無限激動。現在不得不冒犯您老人家，尋找您老人家身上的寶物，若是您老人家在天有靈，還希望您別介意。再給您磕一個，湊個十全十美。」

磕了第十個頭，葉御屏住呼吸湊在石臺前，把骸骨的道袍脫了下來，道袍脫下後骸骨直接坍塌。

葉御的心提到了嗓子眼，用世俗官府的標準，葉御這屬於挖墳掘墓，可以判處斬立決的大罪。

葉御雙手提著道袍，好半天沒敢動，確認沒有什麼詐屍之類的事情，葉御晃了晃道袍，免得有零散的骨頭藏在道袍裡，隨著輕輕晃動，一本書籍掉落在地上，發出「啪嗒」一聲。

寂靜的礦洞，還是洞穴之中，這一聲嚇得葉御的心提到了嗓子眼，葉御仔細看了看坍塌的骸骨，沒有別的東西了。

葉御有一句髒話沒說出口，這也太窮了，除了一本書啥也沒有？你咋當前輩的？也不是啥也沒有，不死心的葉御再次觀察的時候，發現一截指骨上戴著一枚戒指。

葉御的腦袋轟的一聲，難道是傳說中的芥子指環？這可發達了，如果自己能夠修行，那麼打開芥子指環的時候，不得直接起飛？

葉御顫抖的手擼下戒指，抱著道袍和那本書重新跪下，對著那堆白骨再次叩頭，禮多人不怪，萬一老前輩死而有靈呢？這事說不準的，畢竟修道之人的事情，怎麼玄幻也不稀奇。

確認這裡再也沒有別的東西，葉御爬上來，小心翼翼把採礦挖出來的岩石放在洞穴中。

忙到了小半夜，洞穴被岩石填滿，葉御依然不放心，把道袍和戒指也埋在岩石下面。

之後葉御依然不放心，他在礦洞不起眼的地方用十字鎬挖出了一個小坑，小坑上面是突起的岩石，平時可以把書藏在小坑中。

沒什麼隱患了，葉御這才雙腿盤膝而坐，躲在遮擋油燈的岩石後面，顫抖著手拿起這本書。

《御火真經》，葉御一下子就喜歡上了，看看，御火真經，我名字中有一個御字，這簡直就是為我量身定做的典籍。

《御火真經》這本書古香古色，估計不知道在地下洞穴埋藏了多少年，葉御顫抖的手緩緩翻開第一頁，然後貪婪盯著書中的每一個字。

八年啊，日思夜想成為一個飛天遁地的修道人，結果淪落為苦逼的礦工，如果八年前土崛宗的混帳東西沒給一個希望，葉御當一個到處流浪的孤兒也挺好。

但是打開了眼界，知道了有修道人的存在，卻苦苦修煉四年後被放在礦場挖礦，這種憤怒不是當事人無法理解。

不難理解，葉御的心跳如擂鼓，御火真經甚至比天工經還要淺顯易懂，沒有那些雲山霧罩，玄之又玄的廢話，以至於葉御懷疑自己是不是弄到了一本假真經。

純素之道，唯神是守，守而勿失，與神為一，一之精通，合為天倫……由手指侵入體內，然後沉積在肝臟的灼熱氣流湧動，隨著葉御的意念而緩緩移動。

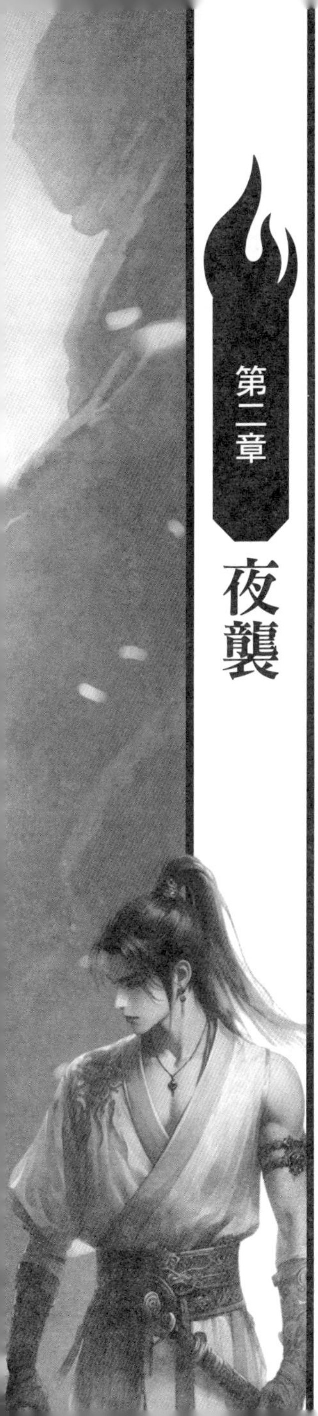

第二章

夜襲

純素？不是吃素，而是單純的修行火系道法。至於一之精通，指的應該就是心無旁騖，專心修行火系，從而踏入真正的修行之門。

不難理解，而且有寶石沁入體內的熱流湧動，這就是修行的種子。

葉御有八年的苦修經驗，雖然修行的不是真正道法，而是增長力氣的天工經，這些經驗足以幫助葉御理解御火真經，讓他能夠嘗試著驅動體內的熱流沿著經脈緩緩運行。

足厥陰肝經，一側有十四個穴道，兩側共有二十八個穴道。真正的修行應該從哪裡入手，不得而知，礦工們與葉御的情況相仿，他們也是學習了天工經之後就淪落為採礦的苦力。

礦工不是沒有出頭之日，只是機率極低，而且有巨大的隱患。三年前的秋天，也就是葉御開始挖礦後不久，有一個平時挖礦勤勉，經常得到妖獸肉獎勵的礦工，依靠天工經煉氣入門。

當時作為新鮮事，葉御也走出礦洞看熱鬧去了，那個幸運兒被土崛宗接走，從此不再挖礦謀生。但是葉御看到那個礦工的後脖頸長出了黑色的硬毛，如同鋼針一樣，有一個老資格的礦工說了幾句閒話：這要是控制不住，那就得妖化。

言者無心，聽者有意，葉御聽得觸目驚心，吃多了妖獸的肉，會有妖化的危機？

之後葉御對其他人旁敲側擊，落實了心中的猜測，妖獸肉蘊含靈氣，但那是妖獸煉化之後的靈氣，而不是天地靈氣。

吞噬妖獸肉有好處，前提是能夠煉化妖獸肉裡面的雜質，否則身體就會出現妖化的徵兆，至於徹底妖化之後的結局，那就沒人知道了。

在那之後葉御挖礦小心了許多，寧可不要妖獸肉的獎勵，他也不想妖化，萬一變成了人形妖獸，上哪說理去？

葉御聽到的準確傳聞是想要修行，就必須汲取天地靈氣打通十二正經，問題是礦場哪裡來的天地靈氣？如何入門就成為了天大的難題。

三年前那個吃多了妖獸肉而入門的礦工，他沒來得及講述自己的心得，就被運輸赤火銅礦石的修士帶走。

這個說不上幸運還是倒楣的傢伙，被帶到土崛宗應該得到真正的仙術傳承，只是葉御不羨慕，生而為人，身體髮膚受之父母，何況妖化？

御火真經沒有最基礎的入門心法，估計這個把自己埋葬在礦洞深處的上古修道人，也不可能想到被一個沒入門的傢伙撿到了傳承。

藏在肝臟的炙熱氣息，葉御當作天地靈氣來對待，沒人傳授，沒有入門的典籍，那就先試探著來，反正情況不能更壞了。

換作任何一個有師承的宗門弟子，也不至於如同葉御一樣彪悍。當然若是煉氣入門，那麼寶石中沁出來的熾熱液體足以坑殺任何人，實力越強，被坑得越慘。

發光的寶石中藏著的不是烈火，而是天地間最純正的火系靈氣液化，哪怕是火系修士被這種液態火系靈氣入侵，也要被點燃體內的真氣或者真元。

葉御苦修了八年的天工經，沒有絲毫煉氣入門的徵兆，自然沒有孕育出真氣，專門淬煉肉體，從而使力量增長才能適合挖礦的天工經，讓葉御的身體異常堅固。因此液態的火系靈氣進入體內，沒有引發任何的衝突，而是循著冥冥中的感應進入肝經。

對修行知識只有半瓶水的葉御來了聰明經，他直接對足厥陰肝經入手，恰好契合了御火真經的真諦。

體內的熱流從肝臟流出，每到一處，葉御痛得眼皮跳動，彷彿有燒紅的鐵籤子在體內亂捅。

爽！葉御咬牙給自己打氣，不吃苦中苦，如何人上人？苦苦期待了八年，其中四年淪落為礦工，現在機會來了，你會退縮嗎？

天工經的基礎涉及到了全身的經脈與穴道，這是避免修煉天工經走錯路，那等於糟蹋了一個優秀礦工。

現在依託天工經的基礎，疊加液化的火系靈氣，葉御也不知道正確的煉氣法門，他只知道真氣必然要進入氣海，也就是肚臍下三寸的位置。

夜色中，一個容顏枯槁的礦工啃食著自己領取的妖獸肉，每一個結算週期，他至少能夠多採集數十斤的赤火銅礦，被盤剝之後依然能領取十幾斤的妖獸肉。

也不能說礦場不講道理，每多上交一斤的赤火銅礦石，可以領取一斤的妖獸肉。多吃妖獸肉，就可以汲取靈氣而煉氣入門，三年前有礦工做到了，更久遠之前也有礦工做到了。

這個礦工的犬齒變得尖長而鋒利，撕咬妖獸肉的時候更加便利，十幾斤的妖獸肉被吃光，這個礦工盤膝坐下開始修煉天工經，兩顆犬齒變成了獠牙鑽出嘴唇，這個礦工體內有狂躁的氣息流轉。

修行要看天賦的，你看看胡哥他們這群傢伙，每一個結算週期至少能勒索數千斤的赤火銅礦石，十幾個人平均分，也能分到幾百斤。

除了每個礦工必須上繳的一百斤礦石之外，一斤赤火銅礦石可以換取一斤妖獸肉，他們每一個結算週期應該能額外得到數百斤的妖獸肉，為何沒有一個修煉成功？天賦的問題嘛。

在星羅棋佈的礦洞之外，胡哥他們正在使用特殊的佐料醃製妖獸肉，需要剔除那些有毒的部位，之後還需要佐料處理，否則妖獸肉裡面的雜質清理不乾淨，吃多了就會妖化。

三個監工中有一個在巡邏，另外兩個監工正在品茶。

這群礦工中崛起的狗腿子相當的好用，每一個結算週期壓榨出來的赤火銅礦石被監工們秘密藏了起來，這是他們的個人福利，只是不能隨時變現。每年才有一次悄然變賣的機會，而這個日子不遠了。

羅哥雙手用力揉搓晶瑩剔透的妖獸肉，需要不斷的揉搓，把殘存的血水全部擠壓出來，處理妖獸肉需要比處理河豚更加謹慎。

他們十八個人號稱礦區護礦隊，能夠安然混到今天靠的可不僅僅是好勇鬥狠，學會察言觀色這是最基本的能力。

胡哥給兩個監工續茶說道：「兩位大人，今天打邊爐？」

一個敞胸的監工說道：「也好，配菜準備好了？妖獸肉被處理乾淨了，也必須有清熱解毒的配菜吃著才放心。你們這些傢伙，如果不是我和老盧盯得緊，爾等會知道如何管住嘴？這要是貿然吃多了妖獸肉，未來有你們哭的時候。」

胡哥的腰彎得更低說道：「我們兄弟一直感念兩位大人的庇護，因此明明有突破的機會，依然強忍著。若是煉氣入門，就得被宗門帶回去修行，可沒機會為兩位大人效力了。」

老盧冷笑說道：「成為宗門弟子，每個月的收入就那麼三瓜倆棗，不趁著這個機會多積攢些家底，踏上修行路的時候就知道沒錢寸步難行。老賈很清楚，修行必須的財侶法地，為何財放在第一位？沒錢，你憑什麼佔據靈氣最好的洞府？沒錢，買得到更好的秘法？」

「別的宗門我不知道，土崛宗沒錢寸步難行。這一次我們變現礦石之後，你們想辦法突破，到時候我們幾個帶著你們護礦隊一起踏上修行路，未來大家抱團取暖，才能在宗門有一定的話語權。」

揉搓妖獸肉的羅哥問道：「兩位大人，為何宗門提供的妖獸肉如此多？卻不告訴礦工們吃肉的禁忌？」

老賈撩起衣襟搧風說道：「挖礦是一方面，培養出半妖則是另一方面的要求。」

老盧咳嗽一聲，老賈笑笑閉嘴，胡哥他們汗毛倒豎，怪不得每個結算週期只要求上繳一百斤的礦石，原來宗門就是要讓礦工們看到希望，從而換取更多的妖獸肉。

那個容顏枯槁的礦工嚼著嘴裡的肉渣，差了一些，如果有更多的妖獸肉，或許今天就能啟動氣海，讓自己踏入修行之門。

礦工如同鬼魅般走出自己的礦洞，今天領肉的礦工有不少，誰更好欺負一些？礦工想起了那個第一次領取妖獸肉的少年，看著比較清秀，應該好對付吧。

熾熱的氣流進入氣海，彷彿乾柴被點燃，葉御感到自己的小腹燃起烈焰，冥冥中葉御懂了，今天他正式煉氣入門。

氣海中的灼熱氣息盤旋著隱隱化作了一個奇異的符文，這就是大道之種，漫漫修行路，有了大道之種才有了一切的一切。

腳步聲從礦洞之外傳來，葉御第一時間把《御火真經》藏在挖出來的凹坑中，翻手拿起自己打磨的鑿子做好了戰鬥的準備。

以前發生過礦工因為沒有繳納足夠的礦石，導致領取的燒餅不夠，試圖搶劫葉御的事情發生，也不是只有葉御一個人遇到過類似的事情，其他礦工也遭遇過，不會打架，不敢下死手，那就意味著要被同病相憐的礦工再掠奪一次。

枯槁的礦工提著十字鎬，躡手躡腳進入葉御的礦坑，那個小子應該睡著了吧，也好，免得發生衝突了。

礦工吸了吸鼻子，循著味道走向擺放在角落的妖獸肉，忽然油燈飛起來，礦工下意識掄起十字鎬抽過去，燈油濺出來，落在礦工身上化作了燃燒的烈焰。

如同野獸的皮毛被點燃，枯槁礦工想到了葉御可能會反抗，卻沒想到葉御來了這麼陰損的一招，而且燈油雖然能夠點燃，卻不是那麼容易燃燒，現在燈油落在身上，直接化作了烈焰。

礦工拼命拍打身上的烈焰，葉御握著鑿子站起來，站在黑暗中的清秀少年眼神冷厲，還有抑制不住的興奮與狂熱。

今天嘗試著把灼熱氣流引入到了氣海，然後枯槁礦工偷摸潛入進來。葉御是想要嚇唬礦工，沒想到燈油落在礦工身上，葉御氣海的微弱真氣直接讓燈焰引燃了烈焰。

枯槁礦工哀嚎著向外狂奔，葉御沒有追出去，而是緩緩抬起自己的手，除了丟出去油燈，真氣也跟著竄出去了。

煉氣入門就如此牛叉的嗎？怪不得礦工們提起煉氣士一個個眼睛放光，原來成為煉氣士真的超凡脫俗了。

化作人形火炬的枯槁礦工哀嚎著出現在曠野，許多被驚醒的礦工還有幾個監工以及護礦隊走出來，看著那個人形火炬一邊哀嚎一邊衝向小溪。

在抵達小溪附近的時候，枯槁礦工體內噴出熱浪，他的血肉化作了燃料。如果是正常人，燒傷也就罷了，但是枯槁礦工吃了太多的妖獸肉，他處在踏入煉氣入門的臨門一腳。

體內駁雜的靈氣化作了燃燒的燃料，讓他在眾目睽睽之下，逐漸成為了漆黑的焦炭。

白天試圖搶奪妖獸肉，被葉御打得滿臉是血的礦工縮了縮脖子，和這個傢伙比起來，自己還算幸運，至少自己沒有被那個心狠手辣的小子活活燒死。

胡哥眯著眼睛看向葉御的礦坑，狠，真夠狠的，這小子看著眉清目秀，誰敢想像出手一次比一次殘忍？

胡哥他們三個不明覺厲，不明白這個枯槁礦工是被自己的駁雜靈氣燒死，護礦隊眼力不濟，但是三個監工也是實打實的煉氣期。

羅哥說道：「葉御那小子的礦洞輕易闖不得，誰進去搶肉誰倒楣。」

羅哥是在開玩笑，因為感知到了枯槁礦工體內的靈氣，老賈冷笑說道：「這個傢伙就差一點點就能夠煉氣入門，沒想到玩火自焚了。」

老賈的評語直接解釋了為何燈油會落在枯槁礦工身上就熾烈燃燒，畢竟是這個傢伙是闖入葉御的礦洞，應該是打鬥中被燈油淋在身上，從而引燃了靈氣。

葉御沒有走出去，而是握著鑿子蹲在礦洞門口，直到枯槁礦工的哀嚎消失，也沒有人過來探查究竟，葉御微微放心了。

老盧說道：「有些可惜，如果他煉氣入門，咱們需要上交這個半妖，任務就完成了。」

羅哥他們同時低頭，太嚇人了，土崛宗竟然故意引導礦工多吃妖獸肉，從而培養出半妖。

老賈說道：「你們這些小子記住了，不成為煉氣士，那就依然是凡人，今天這個蠢貨就是現實的例子。不要怪我把話說得太明白，宗門之中不是那麼好混的，我們為何給你們十八個人機會？還不是為了日後大家能夠抱團取暖？我們通過你們剝削礦工，積攢的赤火銅礦石未來變現，是要給大家配備足夠的法器以及購買修行所用的靈丹，在宗門內，沒錢寸步難行，想要賺錢就必須接受那些危險的任務，那絕對不是你們願意看到的送命任務。」

老盧說道：「你們和這些礦工不是沒有靈根，雖然靈根不夠好，若是得到真正的傳承，至少有三分之一能夠踏入修行之門。為何你們只學到了天工經，就被送到礦場當苦力？宗門不需要那麼多弟子，也沒有那麼多的資源培養太多的弟子。」

「你們十八個人根骨相對好一些，也足夠聰明上進，得到了我們的認可，讓你們出面勒索礦工。有錢一起賺，有福一起享，未來到了宗門遇事也得一起上。」

胡哥他們十八個人同時跪下去，老盧說道：「聰明人就得有長遠打算，宗門的幾個築基期大佬苦心孤詣弄到天工經，為的就是培養一群免費的勞力。等待礦場開採完畢，這些礦工只有一個下場，宗門也是要臉的，不能讓人抓住把柄。」

「天工經不是邪門歪道的秘法，反而是實打實的正經大道傳承，可惜這是煉體方面的秘法。若是吞噬妖獸肉，就有可能導致靈氣淤積，從而有一定的機會踏入煉氣的大門。但是你們一定要記住，借助沒經過處理的妖獸肉煉氣入門，下場就是成為半妖，幾乎不存在理智，只能聽得懂基礎命令的半妖。」

一邊施恩，一邊恫嚇，這三個監工有自己的野心與想法，護礦隊相當好用，未來拉扯他們踏入修行之門，這就是天然的好幫手。

土崛宗的修道人不多，真正的築基期大佬只有五個，此外就是七十多個煉氣期的弟子。

老盧他們若是把護礦隊培養成煉氣士，那麼他們將會在土崛宗內成為一股中流砥柱，任何人也不敢輕易冒犯。

入睡之後，葉御也是提心吊膽，導致多次醒來，直到天色微白，葉御才沉沉睡去，直到日上三竿才睡醒。

小腹的氣海位置有溫熱的氣團，這種感覺讓人踏實，陽光從礦洞外面經過多次折射，照到礦洞深處，只有很弱的微光。

葉御沒有點燃油燈，他可以看清楚礦洞裡面的情況，而且礦洞的石壁上的赤火銅礦石似乎格外明亮。因為昨天寶石裡面的液體進入體內，葉御就有所察覺，似乎自己的眼睛不一樣了。

半裸露的礦石被開鑿下來丟在一邊，葉御掄起十字鎬賣力工作，一邊輪動十字鎬，一邊按照天工經的心法催動微弱真氣。

不知不覺中，並不雄厚的真氣從氣海湧出來，灌注到雙臂中，葉御覺得十字鎬彷彿輕了許多，停滯了半個月的力量也重新開始增長。

直到氣海傳來隱隱的疼痛，葉御停下來，直接盤膝修行。聽說修行要汲取天地靈氣，礦場肯定沒有什麼靈氣，葉御現在需要把潛伏在肝臟的熱流全部牽引到氣海中。

液態的火系靈氣是強行進入體內，潛伏在肝臟中，葉御昨天嘗試修行，是把液態的火系靈氣引導到氣海，這個過程中已經途徑了十幾個穴道。

現在繼續牽引液態的火系靈氣，葉御已經駕輕就熟，畢竟苦修八年的天工經，沒有辦法修行，具體的導氣方法已經爛熟於心。結合御火真經的秘法，葉御覺得得心應手，沒有任何的難度。

葉御認定天工經沒用，自然不知道這是真正的玄門正法，沒用的原因是這門玄門正法是煉體使用，屬於輔助心法。

八年的苦修，葉御的力量與日俱增，具體沒辦法衡量，反正與礦工發生爭鬥的時候葉御沒吃虧過。有靈動的身體，有恐怖的力量，再加上敢下死手的狠勁，葉御輕易不出手，出手必勝。

氣海傳來脹痛的感覺，是時候住手了，把寶石中的灼熱氣流全部引導到氣海，不是一蹴而就的事情，可以採用水滴石穿的慢功夫。

沒有名師指點，甚至沒有完整的秘法，葉御甚至不知道那顆發光的寶石其實是一個巨大的陷阱，若是修道人觸及到寶石流出來的液體，直接就是引火自焚。

因為葉御修煉了八年的天工經，有了強悍的身體卻沒有任何的真氣，這才把致命的隱患化作了天大的機緣，沒有強悍的身體就承受不起灼熱的液體獲得靈氣，體內沒有真氣才導致沒有衝突爆發，兩者缺一不可，否則就是致命殺劫。

天工經講述如何瞭解身體的十二正經與諸多穴道，卻沒有汲取天地靈氣修行的法門，御火真經闡述對火的理解，同樣沒有基礎的修行法。

葉御這個半吊子，就是憑藉湧入體內的液態火系靈氣，結合兩者開始修行路，不得不說莽的一批，最不可思議的是他竟然真的成功了。

足厥陰肝經要途徑二十八個穴道，也就是說打通二十八個穴道，才算是打通了一條經脈。

葉御看了看礦洞外傳來的光線，就著山溪水吃著燒餅，沒味道的時候咬一口鹹菜，別的礦工把妖獸肉當寶，葉御實在嘴饞的時候才會吃兩口。

少年人正在長身體的時候，沒肉會導致胃裡空蕩蕩的，只是葉御很清楚妖獸肉不能多吃，會妖化。

氣海肯定很小，因此填充了一點真氣就滿了，葉御飯後休息半刻鐘左右，重新盤膝坐下，這一次葉御是催動氣海中的微弱真氣開始衝擊穴道。

在葉御的理解中，氣海就相當於浩瀚大海，經脈就是奔流的長河，而穴道就是江河流經之地的湖泊。

小時候葉御是在江邊長大，很懂水性，沒人給他講解如何修行，葉御就靠自己揣摩，雖然沒辦法煉氣入門，不妨礙少年閒著沒事的時候無限暢想。

念念不忘，必有迴響，現在天賜奇緣降臨，葉御的想法與現實開始了結合。

葉御回憶著昨天寶石中的灼熱氣流強行進入體內的感覺，主動打通穴道，應該也是差不多的感覺，最多也就是疼而已，那還叫事？

如果忍著疼痛就能實力突飛猛進，葉御能夠痛到讓自己懷疑人生。

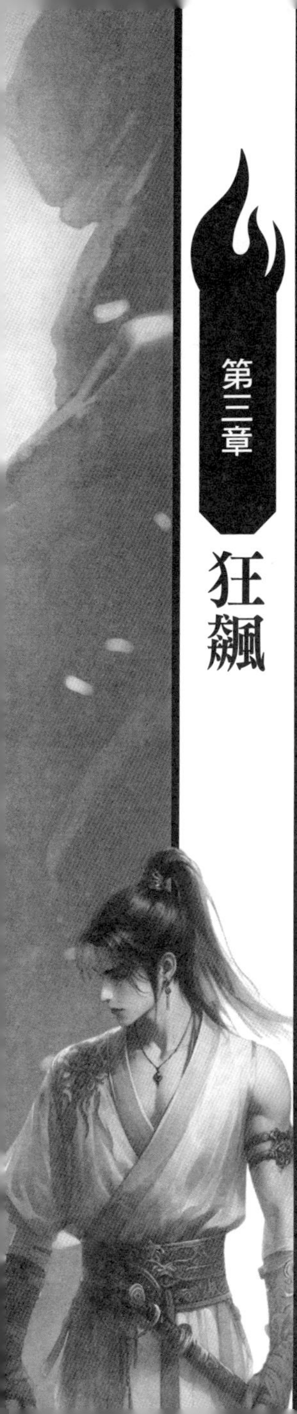

第二章 狂飆

御火真經的核心是如何操縱體內的火系真氣，這不是空洞的一句話，而是仔細闡述如何煉火，馴火、如何提高火系真氣的靈性，讓自己孕育出來的火系真氣更加靈動，之後才有駕馭狂躁的火系真氣。

葉御原本以為那很難，真正實操的時候葉御發現挺簡單啊！從寶石中強行鑽入自己體內的灼熱氣流，進入氣海之後相當的聽話。

葉御不知道的是三年前的礦工通過吞噬妖獸肉煉氣入門，引起的波動很大，第一時間被監工發現了。

葉御從發光的寶石中汲取了液化的火系靈氣，這是遠遠超出監工所能感知的強大靈火，靈火第一時間進入了葉御這個載體，沒有引發任何波瀾。

葉御驅動潛伏在肝臟的靈火進入氣海，順利踏入煉氣大門，這屬於體內的靈火轉化為火系真氣，依然不與外界發生干係，成功瞞過了監工的感知。

靈火轉化出來的火系真氣，雖然很微弱，依然遠遠超出了世人的想像，也超出了留下御火真經的上古大修所想像。

那顆蘊藏著液化火系靈氣的寶石是坑人的陷阱，原本是用來保護自己的閉關之所，沒想到種種機緣巧合，葉御成功把在地下深藏許多年，進化為靈火的液態火系靈氣汲取到了體內。

葉御也不清楚其中的諸多巧合，更不知道讓他痛得死去活來的灼熱氣流是火系強者夢寐以求的靈火，並不是很強大的火系真氣從氣海開始，嘗試著打通穴道，有些疼，不是那麼難以忍受。

火系真氣在足厥陰肝經流動，從急脈向足進發一路向下，靈火入體，已經淬煉了一次葉御的身體，這一次驅動真氣衝擊穴道，看似並不強大的真氣，輕鬆破開一個個關口。

比想像中輕鬆，卻沒想像中的劇痛，只是真氣不夠用，僅僅是打通了五個穴道，真氣就有些枯竭了。

葉御睜開雙眼，黑暗中葉御的眼睛亮晶晶，一次努力就打通了五個穴道，要知道整個足厥陰肝經也才二十八個穴道，照這個速度，最多六天就能打通足厥陰肝經。

葉御沒有繼續引導肝臟的靈火，現在得幹活了，不僅僅是為了挖出赤火銅礦石交差，而是挖礦的時候可以鍛煉身體。

天工經是個坑，但是也有好處，那就是挖礦可以讓身體更好地適應天工經，從而帶來更強大的力量。

依然是揮汗如雨，這一次葉御挖礦沒有怨念，他需要在這種辛苦的挖掘中繼續強化身體，可惜真氣不夠多。

下一條主攻的經脈，應該是手太陽小腸經，寶石中的灼熱氣流是從雙手進入體內，而且昨天挖礦的時候，微弱的真氣可以順暢灌注到雙臂。

葉御很清楚真氣能夠流轉到雙臂，就意味著雙臂的經脈極有可能被狂暴的灼熱氣流給強行打通了，手太陽小腸經恰好流經雙臂。只是第一條經脈不能是手太陽小腸經，因為灼熱氣流潛伏在肝臟，必須先從足厥陰肝經入手，把灼熱氣流轉化為火系真氣，沒人引導，葉御是自己摸索，從而做出了最正確的抉擇。

眼睛屬於肝臟體系，是因為灼熱氣流進入肝臟，從而讓自己的眼睛有了不一樣的能力？

葉御盯著礦洞的石壁上裸露出來的赤火銅礦石，在葉御眼中，這些赤火銅礦石散發出赤色微光，這已經不是夜室生光的問題，而是看到了不一樣的東西。

用袖子擦去汗水，葉御的目光投向了放在角落的妖獸肉，果然看到了妖獸肉上散發出有些慘綠色的光芒，妖獸肉有慘綠色的邪異光芒，是因為妖獸肉蘊含著駁雜的靈氣，赤火銅礦石呢？是不是也藏著靈氣？葉御敲下一塊赤火銅礦石，當葉御努力去感知，卻什麼也感知不到。

肯定有靈氣，否則土崛宗為何培養這麼多的礦工來挖礦？只是自己實力不濟，沒辦法汲取其中的靈氣。

如果打通全部的二十八個穴道，徹底貫通足厥陰肝經，會不會讓自己的眼睛看到更多的秘密？

琉璃油燈被打碎了，葉御也沒想過換一個新的，申請新的油燈得繳納更多的赤火銅礦石。

而且現在葉御根本不想與任何人接觸，他需要苟在礦洞中，徹底煉化肝臟的灼熱氣流。在礦場中，猥瑣發育才是王道，別浪，越低調越好。

疲憊的葉御躺在簡陋的被褥上，發出愜意的呻吟，清秀少年沒有睡意，只是挖礦很消耗體力。

一口氣打通五個穴道，讓葉御有些小興奮，聽說煉氣有十二層樓，用腳趾頭猜，也能猜到十二層樓必然對應著十二正經。

聽說土崛宗有將近百人，絕大部分是煉氣士，何為煉氣士？還不是沒有徹底打通十二正經。

打通經脈和穴道那麼難嗎？我覺得很簡單啊，葉御嘴角露出得意的笑容，真心不難。因此葉御越想越開心，唯一值得擔憂的是肝臟的灼熱氣流若是消耗光了怎麼辦？上哪去找天地靈氣來修行？

打通的五個穴道中，各自沉積著一縷真氣，就如同江河有水了，沿途的湖泊自然也會得到滋養。

需要許多的靈氣轉化為真氣，因為足厥陰肝經有二十八個穴道，十二條經脈的手太陽小腸經左右各有十九個穴道，加起來是三十八個之多。數百個穴道打通，各自留下一縷真氣，那是個很龐大的數目。

人無遠慮，必有近憂，得考慮以後咋辦。葉御側身躺，目光看著自己挖掘出來的赤火銅礦石，如果能夠汲取赤火銅礦石裡面的微弱靈氣，那就是進補啊。

剛剛踏入修行之門的葉御很有危機感，土崛宗絕對不是什麼好東西，在礦洞煉氣入門，若是被發現了肯定得被帶入宗門。

以前渴望成為土崛宗的弟子，真正開始修行，而不是淪落為苦力，現在葉御絕對不想讓土崛宗發現自己，否則《御火真經》這本道書必然被搶走，絕不能高估土崛宗那些敗類的道德底線，或者說他們根本沒有道德底線可言。

睡醒之後，葉御第一時間從凹坑中拿出《御火真經》，書讀百遍，其意自現，得反覆看，認真看。

從頭看到尾，然後繼續從頭開始翻閱，後面的有些話不太理解，譬如說什麼火中青蓮，紅塵為仙。

至於前半部分葉御覺得過於簡單，譬如說煉火以及馴火，煉火是把火系靈氣煉化為火系真氣，葉御輕鬆做到了。

至於馴火，葉御覺得火系真氣非常好用，也就是沒有打通十二正經，否則火系真氣必然如臂使指。

沒有前輩指引，沒有同輩探討，葉御這個野路子的野生煉氣士，不明白修行火系秘法的可怖之處。

玩火自焚，可不僅僅是一句成語，沒有火系靈根貿然修行火系秘法，導致真氣紊亂從而燒死自己的情況不是個例，如何煉火與馴火，成為了火系修士必須熬過的要命關口。

葉御按照御火真經的秘法去煉火，順利把靈火引入氣海，這一步沒有任何難度，而馴火這一步直接省略，因為誕生的火系真氣相當聽話。

現在的葉御是飽漢子不知道餓漢子餓，不明白修行路上步步驚心，稍有不慎就是萬劫不復。

因為無知，所以無畏，葉御現在滿腦子想的是如何瞞過監工，根本意識不到他走上的這條修行路會讓多少人嫉妒到眼紅。

人心是紅的，眼睛是黑的，因為嫉妒到眼紅，因此心就黑了，也才有了諸多的明槍暗箭、殺戮紛爭。

看不懂的地方先擱置，葉御把《御火真經》藏好，再次開始驅動肝臟的灼熱氣流進入氣海。

實力太弱，僅僅煉氣入門兩天而已，葉御沒發現肝臟的灼熱氣流根本沒減少。

液化的火系靈氣被封印在那顆寶石中，深埋於地下在漫長的時光中進化為靈火，當靈火植根於葉御的肝臟，從此靈火生生不息，也就是說葉御可以不假外求，只要慢慢抽取靈火的力量轉化為火系真氣，葉御就可以在修行路上穩步前進。

氣海應該擴大了一些，剛剛煉氣入門，還有八年的天工經基礎，葉御對於氣海極為敏感。

把真氣消耗一空，再次填滿的時候會擴張一些？這個發現就美妙了，葉御感到氣海充盈的時候停止搬運，下一步就是打通更多的穴道。

肝足厥陰之脈，起於大指叢毛之際，上循足跗上廉，去內踝一寸……連目系，上出額，與督脈會於巔。

沒人會想到一個少年礦工，因為機緣巧合踏入修行之門，而且是狂飆突進。

煉氣十二樓，要一步步打通十二正經，每一條正經涉及到二十八個穴道，煉氣士們要水滴石穿打通一個個穴道，往往一個穴道需要耗費多日才能疏通成功。葉御竟能悍然一天打通五個穴道，以正常修道人無法想像的速度狂飆。

幾天之後，足厥陰肝經的第二十八個穴道打通，灼熱的真氣在這條經脈奔流，臉上帶著得意笑容的葉御睜開眼睛，旋即葉御急忙閉眼。

一定是睜眼的姿勢不對，在心臟劇烈跳動中緩緩睜開眼睛，葉御彷彿看到了滿天星斗，眼花了這是？

這幾天堅持不輟地主攻足厥陰肝經，葉御有明顯的察覺，他的眼睛看到的異象越來越多，只是沒有什麼見識，不知道徹底打通足厥陰肝經，這條涉及到眼睛的重要經脈之後，看到的世界完全不一樣了。

埋藏在石壁中淺處的赤火銅礦石在發光，不是裸露的礦石，而是埋藏在淺處的礦石綻放的靈氣光芒讓葉御看到了，因此葉御睜開眼睛，看到的是密密麻麻的赤色光芒從石壁中迸發。

尋找礦脈挖掘赤火銅礦石很難，畢竟礦脈不是那麼精准，現在葉御可以洞悉石壁，看到藏在岩石中的赤火銅礦石，如果挖礦能發家，葉御可以驕傲地說我掌握了發財的途徑。

真氣在足厥陰肝經流轉，讓葉御逐步適應眼睛的進化，肝開竅於目，在體合筋，在志為怒，其華在爪。葉御深呼吸，雙手握拳又張開。

天工經有詳盡的闡述，肝其華在爪、腎其華在髮、心其華在面、脾其華在唇、肺其華在毛，可以透過身體的表象判斷天工經是否入門。

足厥陰肝經的二十八個穴道中，各自有一縷火系真氣，這些穴道打通之後，因為有了真氣留存，從此不再封閉。

同時這些真氣也在滋養著附近的血肉筋骨，等待全部十二正經打通，那就會構成一個小周天。

不足六天的時間，開啟了完整的足厥陰肝經，葉御明亮的眸子閃爍著欣喜的光芒，現在葉御可以驕傲地說我行，我真行。

肝臟的灼熱氣流似乎沒減少多少，意味著足夠支撐葉御開啟其它的經脈，如果一切順利，也就是幾個月的時間，就足以讓葉御打通十二正經，也就是登上十二層樓。

氣海明顯壯大了許多，問題是為何肝臟的灼熱氣流沒有減少多少，似乎還很充足的樣子。

葉御站起來，提著十字鎬對著光芒最密集的地方鑿過去，不到半個時辰，十幾塊赤火銅礦石被挖掘出來。

夠用了，現在挖掘的數量超過了一百二十斤，扣除護礦隊奪走的份額，也足夠完成這個週期的數量。

而且還有四天的時間呢，葉御也不想換取更多的妖獸肉，那就可以休息讀書，御火真經還有許多地方沒弄懂，得反覆閱讀，反覆揣摩才行。

提升火系真氣的靈性？葉御皺眉，那天枯槁礦工闖進來搶奪妖獸肉，當時葉御是把油燈丟過去，準備製造混亂然後使用鑿子發起攻擊。

結果油燈丟過去被枯槁礦工使用十字鎬擊碎，然後葉御體內微弱的真氣直接借助燈焰把燈油點燃，導致枯槁礦工化作人形火炬逃走。

事後葉御只顧著提心吊膽，擔心監工和護礦隊找麻煩，之後專心攻略足厥陰肝經，忽略了真氣的異常變化，這算不算是真氣有靈性？葉御也不確定。

當時真氣是如何自動出擊？葉御思索片刻放棄了，閉門造車的修行，太多的疑問沒辦法解決，譬如說寶石中流出來的液體，為何會進入自己的肝臟潛伏？而且順利打通了足厥陰肝經，肝臟的灼熱氣流分明沒減少多少。

如果想要順利催動真氣發起攻擊，還得著落於手太陽小腸經，畢竟灼熱的液體是順著手臂進入體內，等於強行打通了一部分的經脈，要不然與枯槁礦工發生戰鬥的時候，真氣也不可能順著手臂自動點燃燈油。

葉御拿著《御火真經》重新翻閱，當葉御重新翻閱《御火真經》，這一次葉御的眼睛睜大到極限。

真正的秘密在字裡行間，一個個散發出微光的細小文字呈現在葉御眼中，沒有徹底打通足厥陰肝經，徹底啟動眼睛的能力之前，怎麼也想不到藏著真正的秘法。

御者，其一為馭也。火為馭，身為車，無轍跡，有煙霞。此技得名，烈焰長行。這是逃跑的絕技，肯定的，從秘技的名字就可以看出來，讓自身如同戰車一樣逃竄，這不是逃跑的秘技是什麼？葉御喜歡。

一個無門無派的野生煉氣士，最重要的手段是什麼？不是打敗天下無敵手，而是如何活下去。

如果被人發現葉御已經煉氣入門，不想被抓到土崛宗咋辦？和數百個礦工、護礦隊和三個監工死磕？腦子沒進水就不會有這種愚蠢的想法。

御火真經講述的是如何感悟掌控火系真氣，葉御覺得很失望，煉化肝臟潛伏的灼熱氣息根本沒遇到任何難題，御火很難？一定是故弄玄虛。現在看到了秘技，葉御終於覺得發現了寶藏，逃命的本事好，不能更好了。

葉御如饑似渴地反覆閱讀，恨不得把秘技吃下肚徹底消化，足足三天的時間，葉御癡迷揣摩。

打通手太陽小腸經？急什麼，先把逃跑的保命本事學到手再說。

無轍跡，肯定不是跑步，否則就談不上無轍跡，那應該如何做？火為馭，身為車？如何理解？

葉御想起小時候他和小夥伴用薄石片打水漂，只要角度合適，石片會在水面接連彈跳，可以飛出很遠的距離，如果自己的身體就是石片，火系真氣就是投出石片的力量呢？

思路打開，窗戶紙也就捅破了，葉御沉吟良久，握著《御火真經》催動真氣，下一刻葉御身體迸發出烈焰直接衝向了前面拐彎處的石壁。

啪唧一聲，葉御險些把五臟六腑撞出來，右側臉頰也撞在石壁上，火辣辣的劇痛。

葉御艱難地推著石壁讓自己站穩，真正的痛並快樂著，烈焰長行真的是逃跑的絕技，就是力度不好掌握，撞得七竅生煙的那種疼。

而且這一招耗費的真氣太多，葉御感覺氣海至少空了三分之一，這就意味著葉御最多只能施展三次烈焰長行，然後就是油盡燈枯。

用打水漂的道理去理解，那就是小孩子投出去的石片力量太小，飛不了太遠，不是不想用更大的力氣，而是自身太弱了。

撞得有些狠哪，葉御咬牙活動著身體，礦洞狹窄彎曲，不適合練習烈焰長行，這門絕技暫時不能練了。

如果不是苦修八年的天工經，這一下就能把葉御撞得五勞七傷，現在體內有沒有內傷還不得而知，反正五臟六腑隱隱作痛，臉上身上更是痛不可擋。

夾著雙腿慢慢挪回去，葉御靠著石壁重新打開《御火真經》，秘技還有更多，只是這兩天一直在研究烈焰長行。既然掌握了烈焰長行，那就研究別的秘技，能夠在礦洞中施展的秘技，實在不能繼續魯莽撞下去，太疼。

葉御重新通篇閱讀，一共發現了三種秘技，這讓葉御心中歡喜，烈焰長行證明真的能學會，也就意味著其它的兩種秘技也能行。

真正開始研讀，葉御發出牙疼般的吸氣聲，第二種秘技名為火焰刀，需要在手中凝結刀型真氣催發出去，用來擊殺敵人。

看來不得不打通手太陽小腸經的三十八個穴道，甚至還需要打通手三陽與手三陰，一共六條經脈。

十二正經分為手三陽、手三陰、足三陽和足三陰，這十二條陰陽調和的經脈組成了十二正經。

希望手太陽小腸經打通，就能學會火焰刀，當然不能過於樂觀，葉御等待徹底緩過一口氣，臟腑不再隱隱作痛，開始嘗試打通手太陽小腸經的穴道。

足厥陰肝經只涉及二十八個穴道，手太陽小腸經則是三十八個穴道，足足多了十個穴道。

新一輪交割週期到了，護礦隊再次勒索了二十幾斤礦石，之後葉御背著自己採集出來的赤火銅礦石繳納宗門需要的份額，這一次沒有得到妖獸肉的獎勵，因為葉御只交了不到一百一十斤的礦石。

施展烈焰長行撞得鼻青臉腫，護礦隊和礦工們看到了，他們以為是葉御和枯槁礦工打架的時候弄傷，畢竟枯槁礦工被燒死，葉御不可能毫髮無損。

走在陽光下，葉御鼻青臉腫的樣子，完美體現了他和搶奪妖獸肉的礦工如何惡戰的經歷。

沒有得到妖獸肉的獎勵，看著還淒慘無比，尤其是十天前打傷另一個礦工，當晚還弄死了一個礦工，眾人看葉御的眼神有些忌憚。

葉御樂得如此，別來煩我，任何人也別來煩我，把我當做一個小透明就好，如果你們把我忘了，我會感激你們的。

天氣越來越冷，山中尤甚，人間四月芳菲盡，山寺桃花始盛開，山中的春天來得晚，秋天來得早。

有些礦工已經穿上去年的冬衣，葉御也有樣學樣，換上了破舊且縫補過的棉衣，不得不掩人耳目，事實上葉御一點也不冷。

火焰刀沒有學會，手太陽小腸經的三十八個穴道打通了，現在已經是嘗試打通手少陰三焦經，在火系真氣保護下，有些寒暑不侵的意思了。

葉御有所察覺，烈焰長行為何無法精確控制？或許打通足三陽和足三陰才能駕馭烈焰長行這門秘技。

因為御火真經的核心就在於一個御字，必須能夠駕馭自己體內的真氣，駕馭自己的身體，而駕馭自己的身體，必須打通十二正經。

火焰刀無法施展，必然是要打通手三陽與手三陰這六條經脈才可以，不完整的烈焰長行，用來逃跑也沒問題，暫時不急著解決。

但是掌握了火焰刀，那就等於掌握了一門殺死敵人的絕活，因此葉御繼續開啟手三陽的經脈，能殺能逃，這才是合格的野生煉氣士。

第四章

尋金

每天打通五個穴道是極限，現在氣海的真氣明明增長了許多，打通五個穴道之後，依然會有真氣耗盡的感覺，差哪了？不得而知，野生的煉氣士求教無門，只能自己琢磨。

下一輪的結算週期又要到來了，葉御覺得還是多挖幾斤礦石比較好，別總是卡線上繳，那會引起護礦隊的警覺。

淺層的赤火銅礦石挖出來，就在葉御準備住手的時候，他眯起眼睛，岩石下的光芒不對，難道還有寶物？

葉御掄起十字鎬敲下去，當一塊光芒明顯更豔麗的礦石被挖出來，葉御掂量著這塊礦石。

從外表看，這塊赤火銅礦石和其它的礦石沒區別，葉御的眼睛出現了特殊的能力，才能看出來巨大的差別。以前肯定也有這種光芒強烈的赤火銅礦石被挖了出來，只是自己看不出來有什麼區別。

葉御把這塊赤火銅礦石卡在岩石的縫隙，掄起十字鎬精准劈下去，赤火銅礦石應聲而裂，露出了裡面帶著淡淡金色的紫銅色金屬顆粒。

正常的赤火銅礦石裡面就是紫銅色金屬顆粒，據說可以提煉出赤火銅，在紫色的顆粒襯托下，那些更纖細的金色顆粒就顯得亮眼了。

葉御的手指摩娑斷面，一種極其微弱的感覺傳來，不是氣海的真氣波動，而是肝臟的熾烈氣息與這塊劈開的礦石產生了感應。

就在葉御莫名其妙的時候，肝臟的熾烈氣息衝出來，礦石中的金色顆粒綻放出金色的微弱火焰。

在葉御震驚的眼神中，粟米一樣纖細的金色顆粒開始融化，在礦石的斷面彙聚在一起。

礦石燙手，葉御急忙放在地上，看著豆子大小的金色顆粒逐漸冷凝。

這是金子？沒啥見識，葉御只知道金子比銀子值錢，一兩金子能兌換十二兩銀子，一兩銀子能換一千個大錢。

逃跑之後的路費有著落了啊，葉御眼神明亮，拿起另外半截的礦石開始摩娑，既然不知道如何驅動肝臟的熾烈氣息，那就讓它主動來打工。

片刻之後肝臟的炙熱氣息衝出來，這塊半截礦石裡面的金色顆粒也開始融化凝聚成團。

加起來有沒有半兩重？雖然一塊礦石裡面的「金子」不多，但是多弄幾塊這樣的礦石呢？

葉御的念頭直接轉到了那些堆成小山的礦石堆，每十天一個結算週期，六百多個礦工，每人至少採集一百斤的礦石，一個結算週期就是六七萬斤，一個月大概有二十萬斤。

年底才是運走的時候，也就是礦石堆有兩百萬斤的赤火銅礦石，一萬塊礦石裡面找出一塊含金子的特殊礦石，那也是一筆橫財啊。

這還不算監工們勾結護礦隊額外藏起來的那些礦石，葉御目光灼灼，如何搞？得想個辦法。

雪花紛紛灑灑落下，然後化作了暴雨，臨近午夜的時候轉為暴雪，堆積成山的礦石被凍結在一起，護礦隊衝入不同的礦坑，喝斥睡覺的礦工們出來幹活。

臨近運送銅礦石送回宗門的日子了，結果暴雨轉化為暴雪，不及時把礦石挪動位置，凍成一個大冰坨怎麼辦？

葉御頂著寒風暴雪走出來，看到一個個礦工打著呵欠懶散走向礦石堆，葉御的眼睛當時就放光了，這活，我樂於效勞啊。

葉御盯著暴雪，扛著十字鎬衝向礦石堆，胡哥他們頗為意外，你們看看這孩子覺悟多高？再看看你們，一身的賤骨頭，不打不老實是不是？

葉御在護礦隊的咆哮聲中，掄起十字鎬開搞，只是沒人發現葉御不動聲色把一塊礦石踢到了角落，彷彿免得這塊礦石妨礙他落腳。

夜色深沉，暴雪在狂風中呼嘯而來，礦工們被安排在礦石堆周圍工作，葉御放下十字鎬，抓起一把雪塞進嘴裡，發現沒人注意，葉御飛快把四塊礦石塞進破舊的棉衣懷裡。

然後葉御用手搓臉，自言自語說道：「沒吃晚飯，我去墊兩口。」

葉御衝回自己的礦洞，飛快把四塊特殊的礦石丟在角落，然後咬著半張燒餅跑回來。

清秀少年的十字鎬虎虎生風，當老盧帶著護礦隊的兩個成員轉悠到這裡，看到的就是葉御揮汗如雨地賣力苦幹，與周圍那些懶洋洋，出工不出力的礦工簡直是兩個物種。

老盧相當滿意，有對比就有傷害，人和人就不能放在一起比較，一下子就看出誰踏實本分，誰偷奸耍滑了。

老盧指著葉御說道：「給這個孩子拿一套新的棉衣，被褥也送一套新的。好好幹，我絕對不會虧待。」

葉御轉頭，裝作用袖子抹去臉上雪水的動作瞄了一眼，上一次結算的時候，葉御沒看出來多少，這一次看清楚了。

跟在老盧身後那兩個護礦隊的成員體內有微弱的光芒，而監工老盧身上有四條半明亮的線條，他打通了四條經脈？

葉御不敢多看，沉默對老盧躬身行禮，然後掄起十字鎬繼續奮力揮舞，老盧掄起鞭子抽在一個礦工背上吼道：「豬一樣的東西，沒吃飽飯嗎？下一次的結算週期他們的乾糧減少兩成。」

挨打的礦工不敢恨老盧，卻憤怒地瞪了身邊的葉御一眼，你他娘的腦子被凍壞了吧？整理礦石堆有沒有好處，你這麼賣力做甚？

被暴雪覆蓋，開始凍結的礦石被挪動成小堆，這樣就算被凍結也容易搬運，葉御懶得理會別人怎麼想，他腳下飛快出現了一堆礦石，然後重新構建新的礦石堆。

一塊塊特殊的礦石被不經意地放在腳下，這需要趁人不備才能帶走，別的礦工若是發現葉御的小動作，舉報是必然的事情，底層互害，這是最正常的行為。

不斷有礦工返回自己的礦洞，或是取暖，或是進食補充體力，或是喝水解渴，或是趁機偷懶。

這種白出力還沒好處的事情，礦工們消極對抗，尋找各種理由回去偷懶，葉御也跟著湊熱鬧，一次次返回，一次次把特殊的礦石帶回去。

天亮時分，大鍋熬煮的肉湯散發出誘人的香氣，礦工們的精神頭才明顯提升了許多，野豬肉加上了一些乾菜和凍豆腐粉絲熬煮的肉湯，聞著就讓人有幹活的動力。

特殊礦石的數量比想像中要少，忙碌了大半夜，葉御也只弄到了十一塊，大概能淬煉出五六兩「金子」，數量有些少，不太解渴。

趁著礦工們奔向煮肉湯的大湯鍋，葉御左右張望，不動聲色地把前方小礦石堆裸露的特殊礦石踢到了雪地裡，葉御的動作歡快，彷彿是一個調皮的孩子惡作劇。

好消息是礦工們絕大部分在消極怠工，導致龐大的礦石堆還有大部分沒有清理出來。

喝著滾燙的肉湯，承受著其他礦工不屑的白眼，葉御也不在乎，當胡哥抱著一套嶄新的被褥和棉衣走過來，有一個礦工裝作吐出嘴裡的骨渣，發出響亮的一聲「呸」。

葉御啜著肉湯說道：「咋？你吃到了臭蟲？」

胡哥黑臉，這是排擠賣力工作的孩子啊，你們皮癢了？

葉御說道：「現在我天工經逐漸大成，幹活不太累，能者多勞，我多幹一些，你們少辛苦一些，道理不懂？如果你們不願意整理礦石堆，我自己來，免得累到你們。」

這個故意噁心葉御的礦工，讓葉御找到了發作的機會，正愁沒機會毛遂自薦呢，你主動把梯子遞過來了，好人哪。

胡哥琢磨了一下，別說，這麼多礦工亂糟糟瞎忙乎，還真不如讓這個小子獨自包攬，賣力幹活的礦工要有獎勵，既然負責清理礦石堆，那就不需要採礦了。

胡哥抬了抬下頷，葉御迅速放下湯碗走過去，接過被褥和棉衣說道：「多謝胡哥。」

胡哥說道：「你，說盛湯的那個傢伙呢，滾一邊去，滾，你們聽到沒有？剩下的肉湯給小葉留著，礦石堆也歸小葉處理。他年紀小，可以慢慢搗騰，年底前完成分堆就算大功一件，幹你娘的，聽不懂人話？這是留給小葉的肉湯，滾。」

礦工們吃東西很有門道，為了多喝一些燙嘴的肉湯，他們先盛小半碗，為的是快速冷卻，然後填滿一整碗。

結果葉御要獨自包攬礦石堆，胡哥還答應了，想佔便宜的礦工們貪婪盯著大湯鍋，全留給葉御？他得吃多少天？足夠吃到過年了吧。

天寒地凍，湯鍋裡面的肉湯很快就會凍結，葉御可以每天砍下一塊加熱慢慢吃，早知道還有這樣的好事，我也拼命幹活啊。

一個礦工涎著臉說道：「胡哥，您看我也加入如何？我是成年人，滿膀子的力氣。」

胡哥指著遠方說道：「別讓我廢話，滾遠些。」

葉御對胡哥躬身行禮，重要的不是這鍋肉湯，而是有了借助礦石堆竊取特殊礦石的機會。

胡哥對葉御的表現相當滿意，懂禮貌，賣力氣，小模樣還清秀，這樣的孩子多關照一些，讓自己的良心也感到舒坦，至於這群賤坯子，吃屎去吧。

礦場也需要有獎勵機制，每一個結算週期多採集礦石，就可以換取妖獸肉，這就是獎勵。採集數量不夠，乾糧和燈油會被克扣，這是懲罰。

沒有基礎的獎懲制度，就很難調動積極性，這一次分散礦石堆，葉御表現得積極主動，老賈親眼看到了，並獎勵了新的被褥和棉衣。

此刻葉御叫囂說他可以自己承擔，胡哥自然覺得可行，否則這麼多人亂糟糟的瞎忙乎，還不如讓葉御一個人解決。

面對礦工們憤怒嫉恨的眼神，葉御淡定自若，這種眼神看我？有用嗎？我和你們不是一個物種，我已經是打通兩條經脈的煉氣士。

吃妖獸肉可以有煉氣的可能，但是有妖化的危險，野豬肉燉乾菜與粉絲吃起來才解饞還安全，可惜被這個小子給霸佔了，太可恨。

胡哥拍拍葉御的肩膀，好好幹，我看好你。

葉御滿臉感激表情，今天簡直就是天賜良機。

許多礦工罵罵咧咧返回自己的礦洞，今後他們已經決定排擠這個吃獨食的小子，這麼一大鍋的肉湯，撐死他才好。

葉御把嶄新的被褥和棉衣送回礦洞，這才返回來繼續開工，兩百多萬斤的礦石看似很多，對於修煉了天工經的礦工來說，數量沒那麼可怕。

礦工們是不想出力，而不是沒能力處理，葉御把其他礦工整理出來的礦石重新梳理，然後整齊堆疊，看上去更加的規整，誰看了也會覺得葉御做事靠譜盡職，想不到葉御是在這個重新整理的過程中，把特殊的礦石挑選出來。

大約一萬斤的礦石堆砌成一個很規整的正方形，漫天風雪中葉御彷彿不知疲倦，一個個小礦石堆成型，葉御挑選出了數十塊特殊的礦石，在夜色降臨的時候悄然帶回自己的礦洞。

脫下被汗水與雪花打濕的舊棉衣，換上嶄新的棉衣，整個人感覺舒服多了，葉御興奮搓手，把特殊的礦石卡在岩石縫，掄起十字鎬劈開。

沒錯，斷為兩截的礦石橫截面，點點纖細的金色光芒呈現，葉御呼吸粗重，就憑這份眼力，今後日子也不會艱難，修行的好處立竿見影啊。

作為野生的煉氣士，葉御根本不理解自己眼睛發生的異常變化，根本就不是正常現象，這是靈火入體帶來的額外好處。

一塊塊特殊礦石劈開，裡面的金色顆粒被淬煉出來，葉御小心放在藏書的凹坑中，未來逃亡的時候，這就是活下去的資本。

臨睡前，他依然奮力打通了五個穴道，然後才安然入睡。

風雪越來越狂暴，已經變成了雪災，天亮後的葉御繼續賣力幹活，龐大的礦石堆被他整理為一個個接近正方形的小石堆，這樣凍結之後也能便於搬運。

一百多塊特殊礦石被敲開，提煉出了幾十兩的「金子」，迄今為止，葉御依然認定這就是金子。

有這麼多金子，逃走之後找個山清水秀的地方，買幾十畝地當個小地主也挺好的。

距離新年還有二十幾天的時間，葉御也不急，一天整理出十幾個小礦石堆，年前足夠完成。

在龐大的礦石堆變成了將近兩百個小型礦石堆的時候，一艘飛舟提前來到了礦場。

老盧他們三個監工帶著護礦隊站在空地中，看著飛舟緩緩落下，十幾個土崛宗的煉氣士矜持地走下來，為首的那個中年人板著臉走向了分散堆放的礦石堆。

老盧他們交換眼神，為了便於運輸，我們提前把礦石重新分堆，這不算是盡心？為何你擺著臉色？你是宗主的弟子，也不能這樣裝啊。

中年人看了一眼依然在忙碌的葉御，審視的目光在一堆堆的礦石中掃過，老盧問道：「賀師兄，這就是今年的產出。」

賀師兄冷冷說道：「全部在這裡？」

老盧說道：「基本上全在這裡，礦工們的礦洞中應該還有一些存貨，數量不是很多。」

老盧很是緊張，賀師兄這樣說是幾個意思？難道他知道了自己幾個人藏起來的礦石？

賀師兄皺眉，不對，他緩步在規整的小礦石堆中走過說道：「這一批的礦石有問題啊。」

老賈小心翼翼問道：「賀師兄，您能說得更清晰一些嗎？我們幾個沒聽懂。」

做賊心虛，老賈他們借助護礦隊，每一個結算週期至少弄到了幾千斤的礦石藏了起來。現在賀師兄說礦石有問題，老賈他們直接就毛了，有誰通風報信了？是誰？出來，我弄死你。

葉御同樣恐慌，賀師兄目光落在整理出絕大部分的主礦堆，那裡有幾處積雪融化的位置，葉御知道完了。

主礦堆中還有殘存的特殊礦石，在暴雪降臨的時候，這些特殊礦石會散發出淡淡的熱量，雖然熱量很低，依然導致附近的積雪緩緩融化。

以前沒想過這種細節，而老盧他們三個監工顯然也沒察覺到，賀師兄帶隊提前到來，顯然他知道有特殊礦石的存在。

這一次暴風雪降臨，土崛宗提前來運輸礦石，就是為了避免特殊礦石被幾個監工發現。

有些秘密，不是土崛宗的核心成員不知道，最值錢的就是混雜在赤火銅礦石裡面的特殊礦石，那才是好東西。

賀師兄目光落向賣力工作的葉御，就在這個時候，一個礦工歇斯底里喊道：「幾位大人，我挖到寶藏了。」

老盧對另一個監工使個眼色說道：「老柳，你過去看看，大呼小叫的成何體統？」

老柳啟動一道靈符迅速接近一處礦洞，在他來到礦洞口的時候，一個礦工衝出來，瘋狂喊道：「我挖到了一個地下的宮殿，我要成為土崛宗的正式弟子作為獎勵。」

挖出了一個地下宮殿？賀師兄懷疑這是個陷阱，否則為何我剛剛抵達，發現礦石不對勁的時候，就有人挖出了地下宮殿？

老盧說道：「我過去看看，在礦場中挖出地下宮殿？這個傢伙應該是瘋了。」

老盧衝過去，礦工喘著粗氣喊道：「我沒敢深入，特別大的宮殿，說不定是仙人的宮闕。」

老盧喝道：「閉嘴，我先過去看看。」

賀師兄發現老賈也準備衝過去，賀師兄皺眉，難道真的挖到了地下宮殿？這怎麼可能？

賀師兄說道：「一起過去看看。」

賀師兄想明白了，借給老盧他們一個膽子，也不敢做出謀殺宗主嫡傳弟子的事情，也就是說礦工真的發現了地下宮殿，我土崛宗必定崛起啊。

葉御不懷疑礦工挖出了地下宮殿，因為他挖出了一個上古修道人的藏身之地。

看到賀師兄他們走向那個礦洞，葉御眼神深邃，咋辦？不太好辦，這麼多煉氣士到來，想逃也很難。

不逃肯定不行，葉御偷偷帶走了兩百多塊特殊礦石，只剩下了少數的殘餘還沒來得及下手，賀師兄肯定知道特殊礦石的存在，到時候盯上自己怎麼辦？

趁著沒人關注自己，葉御迅速返回自己的礦洞，把藏起來的灰色道袍與戒指挖出來塞進棉衣懷裡，然後把自己淬煉出來的一百多兩「金子」放在一個小口袋中，綁在了腰帶上。

十字鎬肯定不能攜帶了，自己打磨的鑿子可以帶著，萬一路上遇到野獸，也有一搏之力。

火焰刀沒學會，只有半吊子的烈焰長行，戰鬥力是短板，葉御鬼鬼祟祟出現在礦洞出口，琢磨著如何逃走才能爭取到更多的逃亡時間。

就在葉御猶豫的時候，發現地下宮殿的礦洞坍塌，劇烈的轟鳴聲中煙塵與積雪飛濺，不知道是誰觸發了機關還是地下宮殿年久失修，反正坍塌了。

葉御稚嫩的喉結蠕動，他迅速抓起積雪，混雜著礦洞口的塵土在自己臉上和髮髻上胡亂抹著。

絕大部分礦工很邋遢，夏日時節他們甚至不穿衣服挖礦，葉御屬於少數愛乾淨的少年礦工之一，現在弄上滿臉的汙垢，至少賀師兄他們一行人不會認出自己。

礦工們紛紛來到坍塌的巨大深坑前，三個監工還有護礦隊，與乘坐飛舟降臨的宗門高手全進去了，能有幾個人活著？

葉御掌心滿是汗水，他悄然從後面混入礦工隊伍中，看著煙塵彌漫之下的巨大地下深坑，葉御捏著嗓子說道：「這裡面有寶物吧？」

礦工們貪婪的眼神盯著下面的深坑，土崛宗的倒楣傢伙被埋在了坍塌的地下宮殿中，坍塌結束應該沒有危險了。

要不要搏一把？哪怕找不到寶物，弄到裡面的金銀財寶，逃出礦場當個富家翁也是以前不敢奢望的好事。

有一個礦工用十字鎬撥開腳下的積雪，看著可以攀援向下的斷裂岩石，他終於沒忍住心中的誘惑，第一個向下跳去。

有人帶頭，就有人跟隨，挖礦的日子看不到盡頭，哪怕妖化從而煉氣入門的機會也極為渺茫，那還猶豫什麼？

一個個礦工沿著突起的岩石跳下去，葉御想了想，他也跟著礦工們進入到坍塌之後的地下宮殿中，富貴險中求，不冒險，哪裡來的橫財？

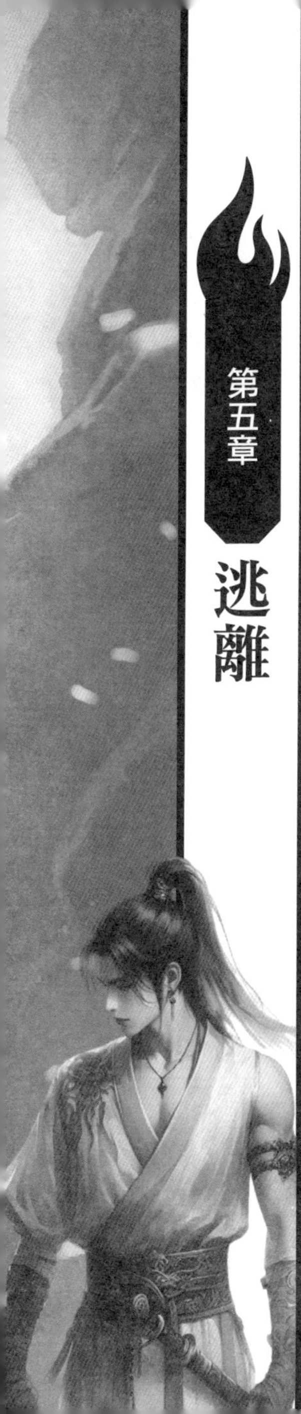

第五章

逃離

多年的挖礦生涯，早就讓這些礦工如同狂躁的野獸，礦場中連一頭母豬也看不到，憋悶太多年，礦工們野性十足。

如果三個監工和護礦隊在，礦工們還不敢搞事情，現在土崛宗的高手們被悶在了坍塌的地下宮殿中，這個時候還不敢搏一把？

葉御落在滿是巨大岩石的地面，看到有一個土崛宗的煉氣士半截身子露在岩石外面，他還沒斷氣，雙手徒勞抓著，希望某個礦工大發慈悲，能夠把他從鬼門關救出來。

礦工們飛奔向黑暗的地下宮殿深處，有人提著油燈，有人跟著借光，一個個眼神如狼的礦工唯恐自己落後，誰還理會土崛宗的傢伙？

葉御目光掃過這個煉氣士背著的長劍，想了想還是放棄了這個想法。

幽暗的地下宮殿坍塌，裡面的建築依然完好，眼力特殊的葉御看到這是龐大的岩石構建的巨大宮闕，黑暗中有一團明亮的光芒閃爍，只是礦工們彷彿看不到。

礦工們一窩蜂地向著宮殿深處狂奔，他們要的是金銀財寶，得手之後就會開始大逃亡。

在狂奔途中，明顯可以看到有些礦工自發抱團，這是平日有交情的礦工抱團，準備找到財富之後一起開始逃亡之旅。

葉御來到了一面刻著複雜浮雕的石壁前，在葉御即將衝向石壁上一頭惡龍口中銜著的金屬環，一個左臂耷拉下來的煉氣士從側面走過來。

葉御急忙裝作走向別的方向的樣子，有幾個礦工也看到了石壁上的金屬環，一路狂奔過來，也沒看到想像中的金銀財寶，這個金屬環應該算是好東西吧。

煉氣士陰冷的眼神看著這幾個不知死活的礦工，他隨著坍塌的巨石掉落，是從另一方向繞過來。

在石壁上的金屬環上感知到了靈氣波動，這是好東西，這幾個礦工也想染指？活膩了。

斷臂煉氣士右手抓住背後背著的長劍，森冷的劍光掃過，附近的幾個礦工直接人頭飛起。

遠方賀師兄的聲音響起道：「還有誰在？警惕礦工，不要讓他們毀了這裡的寶物。」

斷臂的煉氣士轉頭，一個察覺到不妙的礦工飛奔，煉氣士身形如電，在礦工舉起十字鎬阻攔的時候，他直接一劍繼續梟首。

在斷臂煉氣士準備把附近的礦工清場，如此神秘壯觀的地下宮殿出現，礦工們沒用了，如果不是入口坍塌，也許賀師兄他們第一時間就會殺死所有的礦工滅口。

斷臂煉氣士看到了葉御，他準備下一步就是殺死葉御，在斷臂煉氣士殺死這個礦工即將回頭的時候，葉御直接施展烈焰長行，這是第二次施展，第一次施展直接撞在石壁上，疼得葉御再也沒敢嘗試。

第二次施展烈焰長行，葉御直接帶著火焰撞在斷臂煉氣士的背上，兩個人直接向側面飛。

被撞得險些吐血的斷臂煉氣士原本就被巨石砸傷，被施展烈焰長行的葉御撞上，他才意識到礦工中潛伏著一個煉氣成功的傢伙。

斷臂煉氣士想要喊出這個秘密，十字鎬改造的鑿子直接從斷臂煉氣士的肋骨下面貫穿進入。

鑿子末端貫穿了心臟，斷臂煉氣士艱難地看著葉御，他的身體緩緩向下委頓，葉御劈手奪過斷臂煉氣士的長劍，然後飛快在屍體的懷裡掏出了一本書。

沒時間看這是什麼書，金屬環距離那麼遠，依然有強烈的光芒迸發，這肯定是好東西，葉御撿起一把十字鎬，直接砸在惟妙惟肖的龍頭上。

真氣灌注雙臂，葉御依然被恐怖的反震力量導致虎口發麻，當十字鎬鑿下去的時候，葉御看到整個石壁泛起繁瑣的光芒。

不知道這是陣法，葉御發狠，那個叫做賀師兄的傢伙活著，他是乘坐飛舟到來的首領，肯定實力更強大，必須弄到龍口銜著的金屬環就走，否則夜長夢多。

葉御玩命掄起十字鎬，八年修煉天工經，將近一個月的御火真經，葉御的力量不是尋常的礦工所能比擬，也不是正常的煉氣士所能想像。

第十二次敲擊過後，龍頭出現了眾多細密的裂縫，葉御用十字鎬別住金屬環向下撬，隨著龍頭破碎，金屬環掉落下來。

葉御抓住金屬礦向外狂奔，能夠讓自己的眼睛看到如此強烈的光芒，足以說明這個金屬環相當重要。

不能貪心更多，葉御如同受驚的兔子，沿著原路竄回去，衝到白茫茫一片的礦場，葉御把藏在懷裡的灰色道袍穿在身上，向著遠方狂奔而去。

來到了一個背風處，葉御看著遠方的空地再次施展烈焰長行，這一次葉御直接出現在十幾丈之外的地方。

葉御辨別了一下方向，再次施展烈焰長行衝向另一個方向，不能讓人看到腳印，那等於告訴追兵自己逃向了何方。

算上地下宮殿那次，一共三次烈焰長行，葉御的氣海還剩下大約四分之一的真氣，葉御仔細觀察，看著遠方一株大樹，老樹下沒有積雪。

葉御再次施展烈焰長行，精准出現在老樹下，不能繼續施展了，否則真氣必然枯竭。

葉御想了想，鑽進了老樹的樹洞中，蜷縮在樹洞中牽引肝臟的灼熱氣流進入氣海，等待氣海恢復過來，葉御再次施展烈焰長行，堅決不肯留下腳印。

在葉御逃走之後不久，賀師兄與另外幾個煉氣士出現在被殺死的斷臂煉氣士身邊，看著貫穿心臟的鑿子，賀師兄猙獰說道：「殺光所有的礦工，一個不留。」

賀師兄駕馭飛劍衝出地下宮殿，懸在風雪中舉目四望，看不到任何線索，暴雪不斷的降落，而且礦場的礦工太多，留下的腳印駁雜，還被風雪不斷覆蓋。

到底是誰殺了自己的師弟？這可是自己的嫡親師弟，土崛宗是幾個築基期修道人創立，他們有各自的門人弟子，也就天然形成了幾大派系。

賀師兄不死心，他駕馭飛劍繞著龐大的礦場尋覓，如果那個殺死自己師弟的人逃走，必然會有足跡留下。

繞著礦場飛行一圈，沒找到任何通向遠方的腳印，賀師兄忽然意識到或許那個礦工沒逃，他一定以為會有燈下黑，因此依然混跡在礦工的隊伍中。

想多了，所有的礦工必須死，地下宮殿的秘密不能傳出去，甚至礦場的三個監工也必須死，隨著飛舟同來的一些人也得死，這個巨大的秘密只能讓宗主一脈掌握。

老盧把自己埋在幾個礦工的屍體下面，甚至還換上了礦工的衣服，隨著坍塌的礦洞落入地下宮殿之中，老盧在事後聽到了慘叫聲。

老盧第一個念頭就是賀師兄他們要殺人滅口，心思最為複雜的老盧果斷裝死，這是唯一能夠逃出生天的機會。

有聽到慘叫聲的礦工逃離，也有礦工向著地下宮殿的更深處狂奔，沒有得到財寶之前，他們寧願死在裡面，他們賭的是土崛宗不會把他們全部殺光，畢竟挖礦還得靠他們。

葉御依然是真氣耗盡就覓地修行，把肝臟的灼熱氣流搬運到氣海，然後施展烈焰長行遠遁。

在一次次的施展過程中，葉御對於烈焰長行的掌控越來越嫻熟，礙於足三陽和足三陰這六條經脈只開啟了足厥陰肝經，導致烈焰長行的施展距離不夠遠，但還是逐漸嫻熟起來。

兩天之後，葉御出現在一個小山村附近，隨身攜帶的燒餅已經吃光，當時踹了太多的「金子」，導致懷裡沒辦法放更多的乾糧。

葉御用積雪擦臉，還重新整理了凌亂的髮髻，現在穿著灰色道袍，背著長劍，冒充煉氣士沒問題了，山中修士來到了人間，得有好的賣相。

黃昏中葉御走向小村莊的時候，兩個年輕的道裝男子說笑著在另一個方向接近，同樣的背負長劍，葉御目光投過去，兩個煉氣士。

左側那個臉頰稍長的男子開啟了五條經脈，右側那個文靜的男子開啟了三條經脈，甚至還不如葉御。葉御開啟了足厥陰肝經，手太陽小腸經與手少陽三焦經，手陽明大腸經開啟了十二個穴道。

他們的道袍衣襟沒有土崛宗的印記，葉御心中坦然，不是土崛宗的修道人就好。

這兩個人也看到了葉御，看著身穿道袍，背負長劍的葉御，他們兩個稽手致意。

葉御回憶著土崛宗的煉氣士們稽手的樣子，淡定稽手還禮說道：「散修玉散人，見過兩位道友。」

逃走的途中，葉御就考慮到了未來怎麼混下去，本來的名字不能用，免得讓人查出根腳。玉散人，就是葉御給自己起的名字，散修這個身份相當萬能。

這兩個煉氣士對視一眼，原來也是散修，左側的男子說道：「原來是玉散人道友，我們兩個也是散修，在下求遊。」

文靜的煉氣士說道：「在下散修何知，玉散人道友也是為了千尋密會而來？」

葉御哪聽過什麼千尋密會？自封為散修，還是冥思苦想加上從礦工們那裡聽來的消息捏造出來，現在遇到了真正的散修，葉御有些慌，唯恐自己不小心露怯。

野路子出身，還是逃亡的礦工，葉御決定多聽多看少說話，看到求遊與何知自報家門，葉御再次稽手說道：「小弟年輕，憑藉家傳的簡陋道法僥倖進入修行之門，今日能夠遇到兩位兄長，實在是心中歡喜。」

出來混，得嘴巴甜一些，自稱小弟也不會少一塊肉，至於對方是否因此忘乎所以，葉御覺得正常人不至於這樣傻逼。

看到葉御如此知趣，求遊含笑說道：「我與何知也是萍水相逢，彼此皆是散修，一起趕路也能彼此有個照應，這邊走著？」

葉御欠身說道：「求遊兄長請，何知兄長請。」

禮多人不怪，求遊帶頭走向前方說道：「不知道玉散人老弟主修哪種秘法？此次千尋密會，聽聞有築基期的前輩尋找單靈根的煉氣士，準備借助五行單靈根的煉氣士做一件大事。」

葉御走在求遊身後半步說道：「小弟沒啥見識，主要是自己胡亂修行，是憑藉火系道法入門，至於是不是單靈根，還真不清楚。」

何知說道：「這要看自己對五行靈氣哪一種感應最強烈，我是土系單靈根，先天有些排斥其它種類的靈氣。」

葉御謹慎說道：「小弟以前修行之地貧瘠，唯一的好處就是有微弱的火系靈氣，現在那裡的地氣消散，小弟才不得不走出來尋覓機緣。」

求遊說道：「或許你就是火系單靈根，不知老弟踏入幾重樓？」

煉氣期要打通十二正經，也被稱為十二樓，葉御滿臉苦惱表情說道：「小弟駑鈍，迄今為止，也僅僅是三樓半。」

何知愣了一下，葉御透過特殊的眼睛看穿了求遊與何知的真實境界，何知不清楚葉御是什麼境界，因為根本沒感知到葉御體內有真氣波動。

求遊讚道：「三樓半就學會了隱匿自身的氣息，老弟肯定是家學淵源。」

葉御險些冒冷汗，看來是他們兩個沒有從自己身上感知到真氣波動，或許這句話就是試探底細，確認葉御是不是真正的煉氣士。

葉御催動氣海，微弱的火系真氣波動，求遊與何知確認了的確是火系的煉氣士。

求遊說道：「老弟，你修煉的真氣夠純正，如果不是你自己顯露出來，我根本不敢相信你只是三樓半的境界。」

葉御遺憾說道：「也就唯有這種隱匿氣息的訣竅還算過得去，這門秘法讓我可以安然度過許多危機，別的方面實在是不值一提。」

何知說道：「隱匿自身氣息，這一手才了不得，如果不想惹麻煩，適當地釋放氣息比較好，免得讓人懷疑你擁有特殊的秘法。」

葉御急忙稽手，原來能夠遮掩自身的氣息還有這樣的危機，果然不行千里路，就沒有足夠的見識。

葉御很清楚他不是汲取天地靈氣修行，而是借助潛藏在肝臟的熾烈氣息修行入門，因此葉御的真氣不釋放出來，就沒人知道他是煉氣士。也正因為這個原因，葉御才能在礦場成功瞞過三個監工的感知。

當葉御自身的真氣流轉，他隱約感知到了求遊與何知身上散發出來的真氣波動，原來真氣感應是彼此存在，葉御的真氣完美隱藏在氣海，也就無法感知到別人的真氣波動。

散修有散修的生存之道，大家一起趕路可以，更多的方面不能交流，誰也不想暴露自己的根腳，免得未來把仇敵引到自己家中。

葉御一臉謙恭好學的表情，求遊與何知也很友善，他們三個一邊走一邊閒聊，在夜色籠罩叢林的時候，他們來到了一個山崗。

求遊啟動了一道靈符，令符化作火箭衝向遠方，求遊說道：「就在附近，今夜在千尋密會休息。」

求遊釋放自己的真氣，這是向管理千尋密會的修道人示意，表明我是來參加千尋密會的煉氣士，而不是誤闖進來。

果然過了山崗前行不久，黑暗中就有人問道：「可否是參加千尋密會的道友？」

求遊說道：「散修求遊。」

黑暗中那個人歡喜說道：「原來是求遊子道友，久聞大名。」

何知說道：「散修何知。」

顯然負責監控的人沒聽說過，葉御果斷稽手說道：「散修玉散人。」

黑暗中那個人說道：「沿著這個方向繼續前行，我關閉遮掩的陣法，一路前行就是。」

求遊說道：「多謝，道友輪值休息的時候，我們聚一聚。」

黑暗中那個人含笑說道：「好，正有此意。」

千尋密會到底是什麼樣的聚會，葉御不知道，他裝作就是參加千尋密會而來，因此一路上只負責聽，基本不講話。

哪怕是到了地頭，葉御依然不明所以，反正和散修們接觸不是壞事，長長見識也是好的。

來到了一面石壁前，看著洞口裡面傳來的燈光，求遊說道：「兩位老弟，千尋密會每一次舉辦，必然會有很重要的修行資源交易。我這一次是為了尋求一種煉器的材料，進去之後肯定要到處尋覓，暫時分開行動？」

何知與葉御同說道：「道友請。」

求遊想要獨自行動，必然是有不方便讓外人知道的秘密，何知與葉御聽得懂，求遊他們三個穿過山洞，來到了裡面寬闊的地下溶洞中，求遊頷首後獨自離開。

何知對葉御笑笑，葉御果斷做個請的手勢說道：「何知兄，請自便。」

有人領路來到了修士聚會的場所，葉御已經心滿意足，萍水相逢，一起趕路就很好了，不能奢望更多。

溶洞裡面點著許多油燈，照亮了巨大的空間，葉御眯著眼睛，看著洞穴中各種靈光閃爍，他偷偷吞了吞口水。

葉御裝作無所事事的樣子在一個個擺攤的煉氣士面前走過，他在觀察這些煉氣士，然後看到了一個體內靈光極為強烈的老者。

葉御不敢盯著老者看，僅僅是掃了一眼，葉御就判斷出這不是煉氣士，而是築基期的修道人。

煉氣期只能自稱為煉氣士，唯有築基才有資格稱之為修道人，因為煉氣期只能算是入門，還沒資格說自己在修道。這還是路上聽求遊閒聊說起，當時求遊頗為悵惘，顯然因為自己距離築基期還有很遙遠的距離。

老者十二正經全部開啟，腰間兩條經脈也開啟了，葉御不知道煉氣期之後的情況，反正老者肯定不是煉氣期就是了。

一個個攤位上擺放的物品五花八門，有的是草藥、有的是礦石、有的是擺著幾本書、有的擺放著幾個瓶子，甚至還有人的攤位擺放著幾柄長劍。

葉御的灰色道袍裡面穿著礦工的棉衣，髮髻不是很標準，長劍的劍鞘是逃亡路上自己切削出來，一看就是沒根腳的野路子。

葉御一路逃亡，在休息的時候翻過斷臂煉氣士體內翻出來的書籍，這是一本名為《厚土經》的土系秘法，是土崛宗的秘法，不適合葉御。

葉御眼神警惕，周圍那些看似閒逛的煉氣士們也是如此，絕大部分參加千尋密會的人對這個陌生的環境並不是很放心。

走過一個擺放著幾本書的攤位，這裡有一個中年男子正在與擺攤的老者討價還價。

葉御放緩腳步，聽到中年男子說道：「這本土系秘法不完整，五百兩金子太多了。」

老者見慣了討價還價的人，他冷淡說道：「如果不殘缺，能賣這個價格？真正完整的秘法是要使用靈玉才能交易，你也不是第一天出來混，不懂這個道理？」

中年男子糾結說道：「有完整的土系入門秘法沒有？」

老者翻白眼說道：「繳納兩百兩金子的定金，明年的千尋密會我幫你弄一本，厚土經如何？附近很出名的土崛宗主修的就是這種秘法。」

中年男子嘆口氣，兩百兩金子的定金，明年你不來，我上哪說理去？參加千尋密會的人往往第二年就不見了。

中年男子咬牙放下這本殘缺的秘笈，老者也不挽留，賣東西必須穩住，貨物擺上攤，不愁沒人來。

葉御換了一個方向，只是眼睛盯著中年男子的位置，在中年男子不死心地從另一個賣書的攤子起身，走向側面山壁挖出來的山洞，葉御彷彿不經意地走過來，擦肩而過的時候低聲說道：「厚土經，你出什麼價？」

中年男子愣了一下，轉身跟在葉御身後走向僻靜處說道：「完整的厚土經？」

葉御說道：「有基礎的入門心法，可以修煉到煉氣巔峰，還有五道土系的秘技。」

中年男子說道：「二百兩金子。」

葉御狂怒，老者的殘缺秘法還要五百兩金子呢，你當我沒聽到？

中年男子追上加快腳步的葉御說道：「犬子是土系靈根，只是弄不到契合的秘法。小老弟，我手頭沒那麼多金子，二百兩金子外加一本火系的殘缺秘法如何？」

葉御停下腳步，面對著前面的鐘乳石壁取出《厚土經》，然後緩緩打開，讓中年男子可以清楚看到裡面的字跡。

中年男子從懷裡掏出一本明顯被撕毀的書籍說道：「只有一個半的秘技，如果你修行的是火系道法，應該有大用。」

第六章
秘技

葉御打開《厚土經》，為的是讓中年男子看到這是貨真價實的土系修行道法，中年男子顯然心中有數，沒錢，可以用殘缺的秘技做補充。

看到葉御不動聲色，中年男子說道：「家祖在百年前與強者爭奪，導致這本珍貴的火系秘技道藏被撕毀，家祖因為此次爭奪受到重創，早早就離世。這門秘技名為《天火魅影》，可惜我家沒有人擁有火系天賦，如果不是為了給犬子求購土系道法，我不會拿出來做交易。」

葉御把《厚土經》遞過來，中年男子把殘缺的書籍遞給葉御，他們兩個並肩默默翻閱，以免自己被假的秘笈給坑了。

殘缺的秘笈材質不俗，非紙非帛，像是某種不知名的獸皮，僅僅是憑藉書籍的材質，就可以預估這本秘技來歷不俗。

中年男子看得仔細，涉及到他兒子如何煉氣入門，否則就糟蹋了他的單系土靈根的資質。

這是土崛宗煉氣期成員隨身攜帶的秘法，葉御不擔心有假，中年男子翻閱一邊也確認了，這是真正的《厚土經》。

中年男子轉身看著葉御，從袖子裡摸出四個金錠，說道：「換了？」

葉御說道：「換，雖然不確定秘技有多難，但是我相信大叔不會騙我，而且秘笈的材質很不一般，肯定沒問題。」

中年男子嘆口氣說道：「如果不是情非得已，這本殘缺的秘笈絕對不會輕易出手，當然你也明白，若是貿然找強者交易，或許我的命也保不住。人吶，得知足。」

葉御不動聲色把四錠金子放在袖子裡說道：「知足常樂，大叔想得通透，我在這裡還會逗留幾天，有時間一起坐下喝兩杯，我名為玉散人。」

中年男子說道：「楚瀾，算是修行世家，其實也就是散修一個，我弄到了土系道法，急需返回家中，讓犬子開始修行。他日江湖相逢，我們一醉方休。」

葉御稽手行禮，楚瀾同樣稽手，轉身前楚瀾低聲說道：「千尋密會中出售道法秘笈的修士，彼此間很熟悉。你和我交易，他們會認為你撬牆角，別大意，如果你真有實力，該出手的時候別手軟，這裡憑實力說話。」

葉御說道：「多謝，我心裡有數了。」

楚灟離去，葉御來到了一個洞窟附近，有一個穿著青色道袍的女子走過來，說道：「道友想要租賃洞府？每天一兩金子。」

原來這些洞窟被稱為洞府，沒門沒窗，想要在洞府裡面休息還得花錢，青衣女子身上靈光耀眼，不敢多看的葉御掏出一錠金子說道：「暫定住十天。」

好不容易來到了修道人彙聚的地方，葉御不想離開，萬一有機會和別的煉氣士結識，從而瞭解更多修行的秘密呢？

至於楚灟叮囑的問題，葉御心中有數，打架？那就來唄，襲殺土崛宗的煉氣士，讓葉御的底氣提升了許多。

道裝女子取出一個便攜的小秤，一錠金子是五十兩，道裝女子從自己的荷包中取出四十兩的散碎金子交給葉御，同時交給葉御一個號牌說道：「記錄了您的特徵，未來十天您可以放心居住在這裡。還有，千尋密會還有十五天結束，如果十天後您還想繼續租賃，可以找我。」

葉御微笑收起號牌和散碎金子，來到了一處洞府，幽暗洞府不是看到的這麼大地方，裡面蜿蜒曲折，很是幽深。

葉御來到洞府最深處的房間，這裡點著一盞明亮的油燈，一天一兩金子，這價格夠狠的。

葉御得到了楚瀾的四個金錠，他才意識到問題不對，從特殊的礦石中淬煉出來的金色顆粒絕對不是金子。

淬煉出來的金色顆粒有淡淡的靈光，而金子上沒有，以前葉御也沒見過金子，接觸到真正的金子，他才知道礦石中提煉出來的不是金子，而是更有價值的特殊金屬。

靠臥在床頭，葉御迫不及待打開換來的秘笈，楚瀾說這本秘笈的名字是《天火魅影》，書中那道完整的火系秘技名為鳳翼天翔，是在這本秘笈的最後面。

倒數第二道秘技前面不存在，因此只剩下了半個秘技，不知道名字，也不知道從何學起。

葉御原本是想研究完整的鳳翼天翔，結果看了兩眼就蒙了，需要神念催發？什麼是神念？野生的煉氣士沒聽說過這麼高端的詞彙。

這就欺負人了，弄一些我根本不懂的說法，讓我如何學習？葉御不死心，看著前面的半個秘技。

原本認為這同樣是沒辦法入手的高端秘技，結果葉御反覆看了半天，發現好像與《御火真經》中的烈焰長行有所牽扯的樣子。

目之所至、念之所至，錨起而行，錨定舟停……

船與錨不難理解，畢竟是江邊長大的孩子，自然懂得停船要下錨，否則天知道江水會把船舶推到哪裡去？

烈焰長行是催動真氣，身體帶著烈焰閃爍到遠方，如果和這個殘缺的秘技結合，是不是可以傳送到指定的地方？

殘缺的秘技和烈焰長行組合在一起，豈不是可以精准閃爍到想去的地方？雖然現在實力微弱，真氣也不夠充足，不可能傳送到目之所至的地方，最多也就是十幾丈的距離。

若是用來對敵，這要是猝然傳送到敵人面前或者背後，嘛！想一想就讓人覺得心神蕩漾啊。

念之所至？如何理解不重要，重要的是先解決目之所至的問題，這才是當務之急，才能迅速提升戰鬥力。

楚瀾離開，顯然心願滿足，千尋密會中賣道書的幾個人有默契，現在來了一個外來的小崽子攪局，這就不能忍了。

一年一次的千尋密會，許多年年來擺攤的人是競爭對手，同時也默契聯手控制價格。

葉御從土崛宗的煉氣士屍體上帶走了《厚土經》，葉御用不上，楚瀾還急需，葉御認為你情我願的交易，誰也沒辦法阻攔。

楚瀾的提醒讓葉御提防起來，想找茬？拿出光明正大的理由，這麼多修行者的聚會，真以為你們可以為所欲為？我也是殺過人的，殺的還是煉氣士。

半截的秘技，讓葉御看到了與烈焰長行組合使用的希望，因此葉御躲在簡陋的洞府裡閉門苦思。

楚瀾開價二百兩金子，外加殘缺的火系秘技，肯定是楚瀾辨別出葉御修行的是火系道法，這也是一種能力。

不能低估任何人，葉御有自己的特殊眼睛，楚瀾也有自己的獨門絕活。別人呢？修道人的世界必然充滿了各種不可思議的能力。

有些餓，葉御依然不想出去，餓兩天也餓不死，先把半截秘技研究明白再說，若是半截秘技和烈焰長行結合在一起，那個時候底氣會充足許多。

最初來到礦場，有些老礦工仗勢欺人，他們被監工壓榨，被護礦隊敲詐，他們把欺負人的目光投向新來的少年。

甚至那些少年礦工之間也有紛爭，葉御最初挨過揍，也被欺負過，來到礦場兩年後，葉御使用十字鎬把一個礦工的身體鑿了一個窟窿，之後情況才好轉許多。

打過架、見過血、殺過人，葉御不是那麼畏懼，因此殺死斷臂煉氣士的時候葉御也沒什麼恐懼。

肚子咕咕叫，葉御眼睛亮晶晶，似乎找到了訣竅，施展烈焰長行的時候，盯著一個既定的目標，然後催動氣海的真氣，而且要嘗試著用目光鎖定。

思路有了，具體行不行還得嘗試一下啊，葉御站起來，來到洞窟裡面的長廊中。

葉御想了想，把長劍插在地上，然後來到遠方。

葉御盯著露出地面的半截長劍，默默調動氣海的真氣，下一刻葉御身上帶著烈焰出現在長劍後方。

過頭了，險些撞在對面的石壁上，葉御的心劇烈跳動，不是被險些撞牆給嚇的，而是巨大的驚喜讓葉御心情激蕩。

雖然有了偏差，不過精准了許多，否則按照施展烈焰長行的秘技，葉御應該撞在石壁上才對。

葉御轉身重新跑回去，把殘缺的《天火魅影》放在原來起步的地方，葉御站在原地施展自行組合的秘技，這一次真氣催動得有些謹慎，落在了距離長劍五步左右的位置。

葉御轉身盯著《天火魅影》所在的位置，再次閃爍出現，這一次落在了《天火魅影》不足兩步的距離，越來越得心應手了。

葉御樂此不疲，直到第五次施展組合秘技之後，葉御看著不足一步距離的《天火魅影》，他握拳揮舞。

撿起秘笈，收回長劍，葉御忍著饑餓繼續把肝臟的灼熱氣流搬運到氣海，讓快要枯竭的氣海充盈起來。

閉門參悟了好幾天，餓得前胸貼後背了，葉御把兩本秘笈塞進懷裡，然後摸了摸腰帶上綁著的裝有特殊金屬的袋子。

葉御背著長劍走出洞府，千尋密會中有人販賣食物，賣相不得而知，反正味道相當誘人。

估計買食物也得用金子，這地方真好，就是沒錢寸步難行，葉御剛準備走向香味傳來的地方，一個老者、兩個中年人從不同的方向逼過來，正是擺攤賣書的三個販子。

千尋密會是有規矩的地方，那些在山壁挖出來的洞府就是禁地，花錢租賃洞府，雖然沒有門窗，也不是外人可以進入。

葉御賣了《厚土經》，這三個賣書的販子想找麻煩也做不到，今天這個撬牆角的小子終於出來了，三個人擂他一個，不把他打成孫子就算自己沒吃飽飯。

那些多次參加千尋密會的修行者滿臉看好戲的表情，葉御一看就是少年，估計是得罪人了，如果沒有靠山幫忙，不好收場。

葉御眼神逡巡，看到那三個人從三個方向接近，葉御心裡就有數了，八年修煉天工經，上千斤的力量是有的，具體數值沒測量過。

葉御殺死土崛宗的煉氣士，就知道了煉氣士也不是那麼可怕，身體很脆弱的，甚至比不上礦工，這一點葉御有發言權，因為他有實戰經驗。

右側的中年男子抽出長劍，中間的老者咳嗽一聲，粗俗了不是？咱們主營賣書，也算是文人，找茬豈能如此簡單粗暴？

左側的中年人加快腳步，徑直向葉御逼過去，葉御身體微躬，左側的中年人身體明顯很雄壯，他大步來到葉御面前，劈手抓向葉御的脖子說道：「前幾天你做什麼了，來，當著諸位道友的面說……」

在中年男子的手即將扣住葉御脖子的時候，葉御猝然伸手抓住他的手腕向後旋轉。

中年男子發力，駭然發現這個少年的力量恐怖到極限，他根本扛不住。

葉御出手就意識到了，這個傢伙看著很壯，實則力量不夠看。

葉御右手掄圓了巴掌，眾目睽睽之下，一記響亮的大嘴巴抽在中年男子的臉上，葉御問道：「說什麼？我認識你？還是你認識我？」

右側的中年男子左手兩根手指抹過劍身，長劍綻放出光芒，中年男子喝道：「不知死活的小畜生，你找死。」

葉御轉身，清秀少年的眼神有些凶，老者說道：「別殺死就行，不懂規矩，就要讓他學會規矩。」

葉御看著衝向自己的持劍男子，他一腳把面前的中年男子踹開，然後眾人驚恐看到葉御化做了一道火焰直接出現在持劍男子的面前。

抬肘擊在持劍男子的心口，悶響聲中，葉御左膝帶著爆音轟在持劍男子的肋下。持劍男子直接被打懵了，誰在打我？

葉御抓住持劍男子的手腕，直接來個大背摔，持劍男子結結實實躺在地上，臉色蒼白如紙，血沫從嘴角沁出來。

葉御看著老者說道：「別殺死就行？老人家，你讓我懂規矩，我懂了，絕不打死你。」

老者夾緊雙腿，這他娘的是哪裡來的過江猛龍？

「你……你……你使用的是什麼道法？而且你是不是煉體的修士？」

葉御一步一步走向老者，老者下意識向後退，周圍的人臉上的表情精彩，踢到鐵板了，教育這個少年不成，反被上課了。

老者虛張聲勢喊道：「密會的諸位大佬，這個新來的小子擾亂了規矩。」

沒人回應，規矩？千尋密會不能殺人，公平交易，洞府不能被入侵，這是規矩。至於葉御和誰秘密交易，誰說那是擾亂了規矩？

葉御也不急，就那樣一步步從容走過去，老者臉上見汗，他努力擠出笑容：「你也是販賣道書，既然如此，我們就是同行，同行不是冤家，而應該聯手合作。」

葉御當作沒聽到，求遊與何知站在人群中，看著葉御面無表情向老者逼近，一路同行的時候，玉散人看上去謙恭好學，態度端正。

時隔幾日，有人冒犯了玉散人，他出手之乾脆俐落，讓求遊刮目相看。

老者緩緩舉起雙手，說道：「小兄弟，我有一件寶物作為賠償。」

葉御放緩腳步，緩兵之計？這一手有礦工使用過，那是兩年前，與葉御一起進入礦場的少年被人欺凌，被打得狼狽不堪的時候，他就是這樣說。

然後在對手期待中，那個少年礦工從懷裡掏出一把纖細的沙土撒在了對手臉上。接著少年礦工掄起十字鎬，把對手鑿成了血人。

這一手葉御看到了，也記住了，未來某一天葉御被逼到死角，他也會嘗試著使用，現在老者這樣說，葉御直接把戒心拉滿。

老者的手緩緩伸進懷裡，求遊眯起眼睛，葉御依然向老者走去，老者的手從懷裡掏出一把飛鏢，在飛鏢啟動化作一道寒光射向葉御胸前的時候，葉御再次化作烈焰出現在老者面前。

葉御雙手扣住老者的腦袋，右膝蓋轟在老者面門上，老者的慘叫聲含糊不清爆發出來，葉御屈膝再次撞上去。

一個女子聲音響起說道：「差不多了。」

求遊說道：「玉散人，大佬發話了，住手。」

葉御鬆開癱倒的老者，對著聲音響起的方向稽手說道：「晚輩失禮了，前輩恕罪。」

女子說道：「該有的戰利品拿走，主動挑事就得承受代價，這就是千尋密會的規矩之一。」

葉御微笑，直接蹲下來在老者懷裡摸索，老者被撞得面目全非，鼻樑骨也被撞塌了。

首先摸到了錢袋子，然後懷裡還有兩本書，葉御沒有繼續毆打落水狗，大佬發話了，那就不能繼續出手。

左側的中年男子幾乎沒受傷，雖然被葉御抽了一個大嘴巴，至少沒有傷筋動骨。

在葉御目光投過去的時候，中年男子主動從懷裡拿出三本書，還把自己的錢袋子也放在地上。

玉散人出手之狠辣，秘法之詭譎，讓中年男子怕了，化作火焰閃遁，這是煉氣巔峰吧？否則秘法怎麼可能如此之快？

葉御兩根手指對側面擺了擺，中年男子臊眉耷眼退到人群中，三個人聯手準備教訓玉散人，結果這頓打？看著就疼。

葉御最後來到了躺在地上的中年男子面前，把中年男子的長劍撿起來說道：「這把劍看著不錯，歸我了，你有沒有意見？」

中年男子躺在地上裝死，事已至此，說什麼也沒用，千尋密會的大佬發話了，被欺負卻反殺的人有資格獲得戰利品，那還有什麼好說的？

葉御把長劍夾在腋下，笑眯眯對女子聲音響起的方向再次稽手躬身，然後葉御循著香味來到一個出售食物的攤位前。

擺攤的少女偷偷豎起大拇指，葉御齜牙樂坐在凳子上說道：「餓了好幾天，有什麼好吃的儘管拿上來，不差錢。」

煉體會讓身體異常強悍，自然飯量大，餓了幾天的葉御狼吞虎嚥，少女送上來的菜肴直接被扣在米飯上，風捲殘雲般落肚。

葉御吃得酣暢淋漓的時候，求遊坐在身邊的凳子上，葉御轉頭，含混不清說道：「求遊大哥，我請客。」

求遊微笑說道：「看你吃得香就足夠了，這一次你可謂是一戰成名，三個老前輩被你吊打。」

葉御矜持說道：「還行吧，主要是他們不抗打。」

求遊笑出聲，這話有些氣人了，玉散人詭譎的化作火焰侵襲，然後顯露出恐怖的力量，這兩種能力組合在一起，正常的煉氣士真心扛不住。

更多的菜肴送上來，葉御繼續狼吞虎嚥。餓慘了，當然餓幾天也值得，殘缺秘技與烈焰長行結合在一起，讓葉御擁有了讓人防不勝防的近身搏殺能力。

附近的許多人或是光明正大觀看，或是偷瞄葉御，葉御吃得香，一個是餓壞了，另一個是這裡的食物味道真好。

在礦場的時候，野豬肉燉乾菜粉絲已經讓礦工們垂涎欲滴，平時的食物只有燒餅和鹹菜，沒有可比性。

三大大碗公的米飯，八份菜肴落肚，葉御徹底活過來，葉御抬頭看著少女，少女說道：「三兩銀子。」

葉御掏出一塊最小的碎金子，大氣說道：「不用找零，今天好像發財了。」

少女露出笑靨說道：「活該您發財，客官大氣。」

求遊大笑著起身說道：「擦乾淨嘴巴，帶你去覲見大佬。」

葉御接過少女遞過來的毛巾擦拭臉頰，然後稽手表示感謝，打賞之後待遇果然不一樣，有毛巾擦臉呢。

求遊帶著葉御走向密會之地的深處，那裡有幾幢建築，這附近沒有人接近，葉御自然明白，因此閒逛的時候也沒冒失走過去。

當求遊帶著葉御走向那幾幢建築，何知在人群中看了一眼，放棄了跟過去的想法。

葉御被三個人聯手威逼，何知看到了，也看到了人群中準備出手的求遊，當時何知不想惹麻煩，更不想為了路上結識的散修出頭。

沒想到玉散人這麼強，根本看不出實力深淺，因為他簡直就是吊打三個老前輩。何知有些後悔，早知道這樣，他應該主動出擊，和玉散人把交情拉滿。

求遊帶著葉御來到了最左側的建築前，稽手說道：「玉真前輩，晚輩帶著玉散人前來覲見。」

房門自動打開，葉御低眉順眼隨著求遊走進去，正堂中坐著兩個人，一個是花信少婦，另一個則是容貌端莊的中年道人。

葉御眼角餘光瞥了一眼，旋即態度更加端正，築基期的大佬，還是兩個之多。

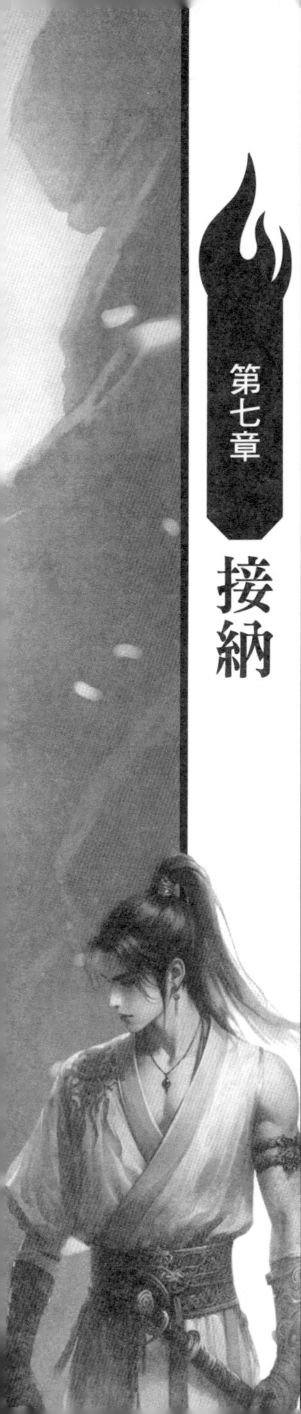

第七章

接納

十二正經是從上到下，很容易辨認，越來越熟悉眼睛的特殊能力，而且對於十二正經過於瞭解，因此葉御很容易判定煉氣士的境界，甚至可以精准看出對方打通了哪些經脈。

至於築基期，葉御不確定，猜測可能是打通奇經八脈，問題是天工經裡面不涉及奇經八脈，葉御也只是耳聞，並猜測築基期的大修應該是打通奇經八脈為主。

花信少婦說道：「玉散人應該是修行火系道法入門，不知道可否冒昧打聽，祖傳的秘法何名？」

花信少婦開口，葉御就聽出來了，正是阻止自己下毒手的那個大修。

看出了自己修行的是火系道法，還開門見山問修行的秘法是什麼名字，葉御低頭說道：「晚輩祖傳的秘法名為御火真經。」

《御火真經》是從藏在山腹中的上古修道人遺骸那裡得到，葉御估計這門秘法沒人知道，因此也不介意說出來。

果然花信少婦與中年道人不經意對視，顯然沒聽說過什麼《御火真經》，中年道人說道：「你修齡不大，能夠如此扎實的功底，顯然秘法不俗，更勤奮有加。千尋密會是我輩聯手創立，但也不能完全依靠我們打理所有瑣事，不知道你是否願意為千尋密會效力？」

求遊聽到這個要求也愣了一下，他參加千尋密會八次之多，也沒有被邀請過，而玉散人因為今日一戰，直接被大佬發出了邀請。

葉御稽手說道：「晚輩一向在家中閉門造車，極為渴望有前輩指點，您對晚輩的厚愛，晚輩欣喜若狂，只是除了打架鬥毆，晚輩也沒什麼拿得出手的能力。」

花信少婦笑道：「這孩子倒也誠實，看你蔫壞的樣子，殺過人？」

葉御赧然說道：「被人欺負上門的時候，多少也殺過幾個。」

中年道人說道：「能打架，就是本事，修行界比塵世間更加兇險，出手必然沒有輕重，尤其是千尋密會這樣魚龍混雜的所在，沒有能打的成員壓制，會很亂。」

葉御果斷單膝跪下，說道：「晚輩玉散人願意為諸位前輩分憂。」

中年道人說道：「貧道寒遠，這是我的道侶，道號墨韻。」

葉御說道：「晚輩俗家姓葉，自己起名為玉散人，與外界幾乎沒來往，懇請兩位前輩多指點。」

墨韻說道：「千尋密會每年舉辦一次，是為了散修們互通有無。密會之外，我們有自己的行動計畫，你可以和其他的夥伴多交流，同時為了籌備下一次的千尋密會而準備。」

墨韻抬手，一個圓形的配件飛向葉御，葉御抓住之後發現和那個看管洞府的青衣女子佩戴在衣領的一樣。

墨韻說道：「注入自己的真氣，就可以打入自己的烙印，從此不用擔心別人搶奪，與同伴相逢的時候也不至於弄錯。」

這就是一件特殊的法器了，葉御第一時間注入自己的炙熱真氣，寒遠眯著眼睛，如此純正的火系真氣，玉散人的家學不俗啊。

當圓形配件放出光芒，葉御明白初步成功了，他把配件別在衣領上。

寒遠說道：「此次勞煩求遊小友引薦，可以在攤位中尋找一件合適的物品，費用貧道來支付。」

求遊急忙稽手說道：「不敢，舉手之勞而已，玉散人老弟能夠為兩位前輩效力，晚輩看著也是心中歡喜，告退了。」

了。

葉御站起來，對寒遠和墨韻稽手躬身，隨著求遊退出來，房門再次自動關閉了。

求遊舉起手，葉御舉手拍上去說道：「多謝求遊大哥帶路，否則小弟沒有這一次的晉身機會。」

求遊說道：「憑實力打出來的體面，我不過是帶路人，今後我再次參加千尋密會，那就要指望老弟關照了。」

葉御急忙說道：「您這是罵我了，如果求遊大哥遇到機會大顯身手，小弟只有拍手叫好的資格。您去我洞府坐一坐？」

求遊說道：「也好。」

得到了不少的戰利品，葉御需要整理一下，正好需要求遊這個前輩幫著鑒別，順便瞭解修行的諸多迷惑。

葉御走過一個賣酒的攤位，買了一葫蘆的美酒，選擇的是價格最高的那種，還順手買了一些下酒菜準備款待求遊。

來到洞府門口，青衣女子看到葉御領口的圓形法器，她微笑頷首，對這個新加入的同伴表示友好。

來到千尋密會的路上，求遊說話很謹慎，畢竟他與何知還有玉散人不過是萍水相逢。

現在玉散人成為了千尋密會的一員，築基期大佬認可的好苗子，求遊逐漸放心。

葉御把酒菜擺放在桌子上，然後把五本書放在桌子上，求遊說道：「你肯定是因為與那個道友私下交易道書而被他們盯上，這幾個傢伙在千尋密會販賣道藏多年，八年前我第一次參加千尋密會就見到了他們。能夠被他們隨身攜帶的道藏，肯定更加重要。」

葉御拿起一本道書說道：「小弟專修火系道法，跟其它……呃，火系的秘技。」

葉御也不知道為什麼這樣巧，拿起的這本沒有名字的書籍，裡面記載的就是火系秘技。

求遊端起酒杯說道：「火靈根其實更普及，許多煉氣士擁有的靈根駁雜，人體有正火，自然火靈根更多。而且火系秘技的殺傷力更大，修行起來更是立竿見影，因此火系秘技相當主流，變現的速度也更快。」

葉御把這本無名的火系秘技放下，拿起另一本道書說道：「鐵煉真經。」

求遊苦笑說道：「當年我就買過一本鐵煉真經，不能說被坑了，反正這本道藏價值不大。這是煉體的秘法，入門很難，首先要打造鋼筋鐵骨，你想一想，修行何其艱難，誰有閒心煉體？」

「曾經我以為是金系的秘技，結果根本不是這樣，而是把自己當作千錘百煉的鋼鐵，參加千尋密會的人，應該幾乎全知道這個秘密。」

葉御不動聲色說道：「原來是這樣，還以為能夠賣個好價錢呢。」

求遊指著一本名為《水雲幻》的道書說道：「我聽過《水雲幻》的名字，裡面應該記錄著幾種水系秘技，三四百兩金子沒問題。」

葉御說道：「如果他們沒事抄錄，豈不是可以有源源不斷的財源？」

求遊說道：「散修基本上要麼是家學淵源，要麼是散修的弟子，很難在自己主修的秘法之外構建完整的修行體系，況且有些秘技看似契合自己主修的道法，但是沒有正確的解讀辦法，就很難徹底領悟。因此出售道藏賺錢的事情有些難度，也許一次的千尋密會也賣不出一本。」

「你這一次的戰利品中，那柄長劍應該價值最高，你當時應該看到了，那個人手指抹過劍身，長劍就綻放出光芒。我相信這柄劍如果慢慢溫養淬煉，或許有機會成為飛劍。」

葉御見過土崛宗的高手御劍飛行，那成為了葉御揮之不去的強烈渴望，聽到這柄作為戰利品的長劍能夠成為飛劍，葉御的眼睛明亮。

葉御拿起酒杯說道：「小弟敬您。」

求遊說道：「成為了千尋密會的一員，你應該謹言慎行，若是被人坑了，會影響自己的江湖地位。千尋密會不是沒有好東西，只是考驗眼力，吃藥的事情時有發生，也因此不斷有紛爭。」

吃藥，應該指的是上當了，被騙的人肯定不甘心，自然就會引發爭鬥。葉御憑藉能打的本事，被兩個築基期大佬看中，首要的任務應該就是鎮場子。

求遊和葉御慢慢吃喝，已經吃飽的葉御不餓，第一次喝酒，也沒感到難以下嚥，因此顯得酒量不俗。

看到求遊有了幾分醉意，葉御問道：「大哥，築基期是不是打通奇經八脈？」

求遊笑道：「沒人告訴你？」

葉御說道：「家裡長輩死得早，我幾乎是一個人摸索著修行。」

求遊說道：「的確不容易，煉氣期要踏上十二樓，也就是打通十二正經，完成小周天，在煉氣巔峰後就要嘗試築基，鑄造大道之基。」

「築基之後，嘗試打通奇經八脈，這是打通大周天。步步艱難啊，好好珍惜成為千尋密會成員的機會，你一個人獨自揣摩，很容易走錯路。」

一葫蘆的美酒喝光，醉醺醺的求遊站起來，葉御拿起《水雲幻》塞進求遊的袖子裡說道：「寒遠前輩的賞賜大哥不要，小弟的饋贈大哥不能拒絕，反正是白來的東西。」

求遊按著葉御的肩膀說道：「算我貪財了，今後也不要小氣。出來混，得讓人知道你出手慷慨，這樣看似很吃虧，實則被人當凱子，遠比被人嫉恨好得多。嫉妒，會送命的。」

葉御攙著求遊的胳膊把他送到洞府門口，求遊大聲笑著揮揮手離去。

葉御微笑目送求遊走向了一間洞府，禮物送出去了，應該可以減少求遊心中的失落吧。

求遊渴望成為千尋密會的一員，可惜沒機會展現自己的實力，反倒是煉氣三層半樓的葉御打出了自己的名號，求遊肯定有些嫉妒，因此在醉後說出被人當凱子，遠比被人嫉恨好得多。

言者無心，聽者有意。

手少陽三焦經涉及到四十六個穴道，左右各有二十三個，因此直到現在為止，葉御才踏入三樓半，也就是打通了三條半的經脈。

最初的足厥陰肝經到之後的手太陽小腸經，接著是手少陽三焦經，現在是打通了手陽明大腸經的一部分。

目送求遊走入人群中，葉御回到了休息的房間，盤膝坐在床榻上，搶來的長劍橫置在膝蓋上，右手握著劍柄，左手抹過劍身。

這柄長劍比土崛宗的煉氣士留下的長劍材質更好，當葉御的真氣灌注到劍柄，長劍發出了嗡鳴聲。

葉御眼睛半睜半閉，當劍鳴響起，葉御低頭，看到淡淡的火焰在長劍雪亮的劍身上迸發出來。

土崛宗煉氣士的長劍也嘗試著這樣灌注過真氣，可惜沒有任何反應，這一柄作為戰利品的長劍，顯然更加契合葉御。

如果葉御見識多一些，就會明白飛劍也有五行屬性，這柄長劍內部打入了火系符文，最契合的就是火系修士。

因為長劍接納了真氣，葉御感覺自己和長劍之間產生了微弱的感應，葉御噓口氣，未來有一天自己也能御劍飛行嗎？那是不是得有駕馭飛劍的秘法？

酒意上湧，葉御和衣倒下沉沉睡去，這一戰證明自己的力量不是正常的煉氣士所能比擬，葉御睡得很踏實。

逃亡之後的生死壓力消失，葉御足足睡了八個時辰，睡醒之後的葉御起身，脫下了道袍，主要是把裡面的棉衣脫下來。

火系真氣讓葉御不畏懼寒冷，棉衣是為了防備萬一，現在沒這個必要了，脫下臃腫的棉衣，只穿著單薄的灰色道袍，葉御感覺全身輕鬆。

不能繼續苟在洞府了，葉御剛剛成為千尋密會的一員，他覺得自己得有盡忠職守的覺悟，哪怕裝樣子也得裝一段時間。

背著長劍走出洞府，許多人的目光投來，對於這個生猛的少年，許多人打著結交的想法。

因為一打三，還乾脆俐落的獲勝，因此成為了千尋密會的正式成員，未來大家還打算在一年一度的千尋密會混日子呢，與這樣善於戰鬥的少年打好關係沒壞處。

葉御沒有到處閒逛，而是走出地下溶洞，在密林中解手重新返回去，在寒風中只穿著單薄的道袍，果然不冷。

葉御精神抖擻返回來，這一次悠然閒逛，數百人參加的聚會，佩戴圓形法器的成員沒有幾個，大家在貌似閒逛中擦肩而過，彼此點點頭表示知道了對方的存在。

打架鬥毆的事情其實並不多見，除了葉御之外，幾乎沒有第一次來到千尋密會的新人，那些多次來到這裡的修士早就成了人精。

寒遠也沒有給葉御指派什麼具體的任務，葉御估計自己的角色被定位為打手，打手嘛，平時不需要做事，遇到無事生非的傢伙才有用武之地。

臨近午時，一個帶著同樣圓形法器的中年人做個手勢，帶著葉御走向一個洞府說道：「寒遠大人讓我帶你去吃飯的地方，一日三餐，咱們有自己吃飯的地方，不需要花錢自己解決。」

葉御歡喜說道：「多謝老哥，要不然我還真打算在攤位上解決。」

中年人說道：「我加入千尋密會比較早，二十幾年了，張鶴至。」

葉御稽手，張鶴至說道：「咱們的成員沒人不知道你，幹得漂亮。這一戰之後，不開眼的人見到你也得當孫子。」

「咱們千尋密會有五位築基期大修坐鎮，真正的強者會給五位大修面子。你打響了名聲，除非是愣頭青，否則這一屆的千尋密會穩了。」

吃飯的人不多，可能是有人還在集會中巡視，租給葉御洞府的青衣女子還有另外三個煉氣士在用餐。

葉御隨著張鶴至走進來，那幾個人客氣頷首，葉御微笑還禮，禮貌方面絕對挑不出毛病。

張鶴至與葉御並肩坐下說道：「玉散人老弟，作為戰利品的長劍比你自己原來的佩劍是不是更順手？」

葉御笑眯眯拿起筷子說道：「那柄劍是搶來的，其實我不會用劍，拿來裝相的樣子貨。」

輕笑聲響起，張鶴至說道：「你拿手的武器是什麼？」

葉御說道：「抓住什麼兵器就隨便用，小弟的力量不錯，借助祖傳的錨定長行秘技，衝到對手面前，基本上就全搞定了。」

烈焰長行和半截不知名的秘技組合，效果相當的霸道，葉御給這種組合秘技起了一個名字：錨定長行。

青衣女子說道：「如果想學劍術，有機會可以向墨韻前輩請教，我見過墨韻大人御劍飛行，真的是翩然若仙。」

葉御睜大眼睛說道：「可以嗎？」

青衣女子說道：「墨韻大人很願意提攜後輩，你戰鬥力非同一般。再次見到墨韻大人，可以試探著懇請，當然最好是這一屆的千尋密會結束，塵埃落定再說。」

葉御說道：「多謝姐姐指點。」

青衣女子恬淡淺笑，沒有自我介紹的意思，葉御也沒問，事實上葉御連多看一眼的勇氣也沒有，這四年在礦場挖礦，連個女人也見不到，更不要說面對這種容貌清麗的美貌煉氣士。

張鶴至說道：「既然你擅長近身搏殺，不如買一件短兵器。」

葉御連連點頭說道：「對，老大哥提醒了我，飯後我就買一件。老大哥，有更具體的建議沒有？聽人勸，吃飽飯。」

張鶴至說道：「走一個極端，要麼異常鋒銳，要麼沉重有分量，發揮你力大無窮的優勢。」

葉御訕笑說道：「不敢說力大無窮，就是力量稍大一些，老大哥的建議中肯，我按照這兩個標準，遇到哪種兵器看運氣。」

飯後，葉御急匆匆走出去，果然是老成持重，近身武器走極端的建議相當契合葉御的想法。

葉御上午巡視的時候，看到了幾個販賣武器的攤子，只是沒湊過去看，這一次帶著目的性重新逛，葉御盯上了一個攤子上擺放的一把短柄斧。

上午走過的時候沒仔細看，這一次認真觀察的時候，葉御看到短柄斧的斧刃閃耀著微弱的光芒，斧柄還有斑駁的花紋。

葉御溜達走過去，蹲下來拿起一柄短刀說道：「老闆，什麼價？」

攤主露出討好的笑容說道：「二十兩銀子，您拿走。」

這個價格就相當親民了，葉御也不知道是攤主討好自己，還是他的攤位真的物美價廉，葉御放下短刀拿起短柄斧說道：「用來砍樹倒也方便，這個多少銀子？」

攤主說道：「十兩金子，這可是有些來頭的斧子，不唬您，在一個古墓裡面挖出來的古董。」

葉御說道：「信你，你還幹這種事？」

攤主說道：「謀生不易，我這種天賦不好，勉強煉氣入門的廢柴，還不如土財主過得舒坦。」

葉御掏出一塊碎金子，說道：「你稱一下，誰的日子也不好過，各有各的難處。」

攤主取出小秤，葉御明顯看到秤桿低了，他撚起一塊更小的碎金子丟在秤盤中，秤桿高高揚起，顯然超出了十兩的分量。

葉御拿起短柄斧說道：「行啦，不用找零，挖墳的事情少做。」

攤主露出赧然的笑容，挖墳的事情不是少做的問題，而是不能做。如果不是走投無路，身為煉氣士，誰願意幹挖墳掘墓的缺德勾當？

葉御晃悠著短柄斧，悠然返回自己的洞府，好東西，若是用銀子來計算，一百多兩銀子呢，打造一個純銀的斧子也用不了這麼多銀子。

葉御回到洞府，繼續運轉真氣打通穴道，一口氣貫通五個穴道，然後開始搬運肝臟的灼熱氣流進入氣海。

手陽明大腸經左右各二十個穴道，加起來是四十個穴道，葉御也不急躁，飯要一口口的吃，這個速度已經相當讓葉御滿意。

氣海重新充盈，葉御拿起另外兩本書，一本是煉器的秘笈，另一本則是煉丹的秘笈。

一共五本道書，葉御也不知道原本屬於誰，反正其中四本屬於葉御，《水雲幻》則送給了求遊。

不能說是廢物，反正葉御用不上，葉御現在一門心思打通全部的十二正經，一舉衝入煉氣巔峰。

聽說正常的修行者，八歲開始煉氣，葉御是十六歲才踏入煉氣的大門，足足晚了八年呢。

葉御取出《鐵煉真經》，煉體的秘法？葉御有八年的煉體心得，而且在千尋密會驗證了煉體的結果相當不錯。

天工經已經達到了極限，在沒有煉氣入門前的半個月，無論怎麼修煉也沒辦法進步，那意味著葉御已經把天工經修煉到大成。

後續應該如何著手，葉御沒有任何頭緒，現在有了《鐵煉真經》，葉御覺得憑藉天工經打下的基礎，或許可以繼續在煉體的道路上前行下去。

有了強悍的身體，施展錨定長行才能承受得起，否則這種強大的遁法，孱弱的身體吃不消的。

葉御逐漸陷入其中，因為有了苦修八年天工經的基礎，葉御發現對於理解《鐵煉真經》簡直就是勢如破竹，根本沒有遇到任何晦澀難懂之處，也許註定自己要煉體與火系道法方面齊頭並進，那還猶豫什麼？

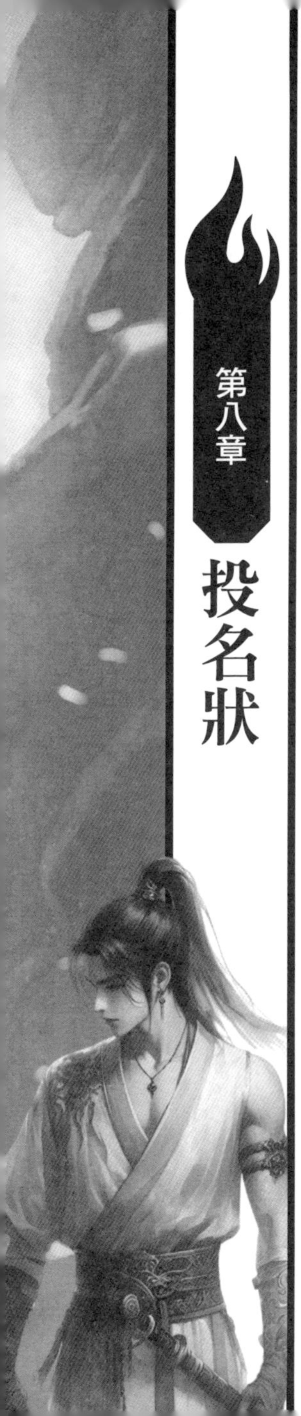

第八章
投名狀

鐵煉真經不是基礎的煉體秘法，而是在煉體有一定的基礎之上，更準確地說是煉氣之後才能修習的秘法。

使用真氣在打通的穴道處擊打，這一步的前提是身體足夠強，否則穴道被打穿，人也就廢了。

身體是否足夠強，入門的標準是肌膚如牛皮鼓，叩之有聲，才有資格進行下一步。

葉御起身，站在空地思索片刻，按照鐵煉真經的檢測方法站好，然後右手握空拳打在自己的小腹側面。

有些疼，八年的煉體，四年的礦工生涯，葉御的力量很大，如何發力，不需要誰指導，天天挖礦自然就懂了。

姿勢不對，葉御小心調整，這一次葉御感知到了，全身肌膚繃緊，進入狀態了。

葉御再次空心拳打下去，拳頭的力量被肌膚傳遞到周圍，發出「咚」的一聲悶響，這讓葉御的眼睛明亮起來。

怪不得要求用特定的姿勢站立，否則根本無法體會到肌膚如同牛皮鼓的說法到底是什麼意思。

葉御保持著這個姿勢，用空心拳在已經打通的穴道處開始輪番拍打，一聲聲低沉的悶響在洞府中不斷響起，全身逐漸變得酥麻起來。

被拍打的穴道如同針紮，葉御逐漸感到真氣順著手臂自發湧動，火焰刀遲遲無法入門，是因為手三陽的三條經脈還沒全部打通，甚至有可能還需要打通手三陰的三條經脈。

遇到求遊與何知後，葉御長了一些基礎知識，也明白御火真經上的秘技或許根本不是煉氣期就能施展，烈焰長行算是入門而已，火焰刀的門檻顯然比較高。

此刻按照鐵煉真經鍛打身體，真氣開始向著手臂湧動，這是學習火焰刀的必須途徑。

葉御忍著穴道傳來的刺痛，雙手有序在身上拍打，當第一縷真氣進入右手掌心，葉御一掌拍在自己的大腿上，葉御險些疼得哭出來。

這才是真正的真氣鍛打，原來這麼疼，怪不得要求有一定的煉體基礎才能學習鐵煉真經，正常人絕對承受不起真氣的拍打。

八年苦苦期待成為煉氣士，葉御能夠在枯燥的四年採礦時間裡依然堅持不輟修煉天工經，他極為渴望成為煉氣士。

現在鐵煉真經很痛苦，那不正好說明鐵煉真經可以成為天工經的後續秘法，讓自己千錘百煉嗎？

好事，真氣第一次透過手掌迸發出來，看到了學習火焰刀的希望，而且真氣拍打穴道才是鐵煉真經的入門基礎。

葉御臉紅如血，那是疼的，真氣第一次進入手掌之後，接下來就不難了，葉御對於催動真氣越來越嫻熟。

別的散修或許是家學，或許是有散修為師父，葉御是純純的野生煉氣士，甚至許多心中的迷惑不敢向任何人請教。

如同無根的浮萍，想要活下去，想要有所成就，連吃苦也做不到？葉御疼得汗流浹背，依然像不是拍打自己一樣，雙手輪番落下。

已經貫通的穴道全部被拍打一遍，葉御直接趴在地上蜷縮起來，穴道處的皮膚紅腫，甚至隆起來。

葉御無聲翻滾，好半天才緩過一口氣，第一時間爬起來開始打坐，運轉氣海的真氣才三條打通的經脈運轉。

這也是鐵煉真經的要求，外力拍打，真氣牽引，從而才能讓穴道變得更加強韌，這才能啟動煉體的效果。

接下來的幾天時間，葉御開始了固定的節奏，每天午飯和晚飯出去之外，剩下的時間就是繼續打通穴道，並按照鐵煉真經打熬身體。

千尋密會每一次舉辦的時間是半個月，到了最後階段，才是交易的重頭戲開始。隨著閉會的時間接近，許多煉氣士開始出手，也有一些煉氣士買到了中意的物品之後提前離開。

土崛宗煉氣士的長劍被葉御賣掉了，只賣了五兩金子，聊勝於無，不是什麼好劍，更不是名家製造，賣出這個價格估計還是看在葉御是千尋密會的成員身份。

地下宮殿弄來的金屬環是什麼寶物，葉御不知道，嘗試過灌注真氣，結果根本做不到，還不如買來的短柄斧呢，至少真氣能夠順暢進入其中。

雖然是木柄的斧子，葉御的真氣依然能夠透過斧柄進入到斧刃中，使用真氣催動的短柄斧，斧刃寒光閃爍，看著就很凶。

吃飯的時候聽張鶴至他們閒聊，千尋密會結束的那天會有一場拍賣，葉御沒聽過拍賣，拍賣是什麼？

不懂，也不能顯得過於呆萌，不開口，不露出好奇的神色，這才是自保的最好辦法。

這幾天的閉門苦修，葉御逐漸承受了真氣拍打穴道的痛苦，而每日打通五個穴道的節奏現在也沒辦法改變，手陽明大腸經正在逐漸被打通。

最大的收益是長劍和短柄斧隨著每日不斷注入真氣，變得更加地得心應手，甚至短柄斧上不斷剝離一些雜質，被熾烈的真氣給驅逐出去。

短柄斧的斧柄大約一尺長，斧刃只有巴掌寬，分量十足，在一次次的真氣淬煉中，斧頭變得黝黑，斧刃則是寒光凜冽。

平時葉御背著長劍，短柄斧就藏在袖子裡，萬一遇到敵人，錨定長行直接近身，短柄斧貼臉開大，效果肯定杠杠的。

還有兩天的時間就是閉會的日子，午飯的時候氣氛凝重了許多，葉御低頭吃著，周圍的人也不開口說話。

就在飯後葉御準備返回洞府繼續溫養長劍和短柄斧的時候，青衣女子說道：

「玉散人，墨韻大人讓你飯後過去。」

葉御說道：「好的，我吃飽了。」

這一次不用別人帶路，葉御獨自來到了最左側建築的門前，稽手說道：「玉散人，求見墨韻大人。」

墨韻說道：「進來吧。」

寒遠不在房間裡面，只有墨韻獨坐，葉御走進去，墨韻拂袖房門自動關閉，葉御低眉順眼站在門口處，等待墨韻的吩咐。

墨韻打量葉御好久才說道：「每年這個時候，會有一批赤火銅礦石陸續被送來，今年出了意外，現在預定的客人也沒到來。」

葉御竭力控制著自己，不讓自己顯得很慌，每年會有赤火銅礦石送來？難道礦場的三個監工，每年通過護礦隊克扣的礦石是賣給千尋密會？

墨韻繼續說道：「尤其是昨日，闕月門的成員突然來到了附近，這讓我有了不祥的預感，玉散人，我想問你，敢不敢做大事？」

葉御抬頭說道：「大人，您說話，殺誰？」

葉御擺出自己就是職業殺的狠戾姿態，聽話聽音，墨韻提起闕月門，然後問葉御敢不敢做大事？這種情況下，不敢也得敢啊，哪怕離開千尋密會後逃之夭夭，現在也得擺出我是沒有感情的冷血殺手態度。

墨韻凝視著葉御，說道：「你知道要面對的是什麼樣的敵人？」

葉御昂然抬頭說道：「富貴險中求，不拼一把，怎麼在修行路上走下去？」

墨韻說道：「說得很動聽，你的天生神力還有突襲近身的秘法讓我很是看重。這一次阻擊闞月門的高手，你負責解決煉氣期的對手，有信心沒有？」

葉御說道：「至少能夠做到一換一，多了不敢說，畢竟以前沒遇到過太多的對手，不能誤了您的大事。」

墨韻說道：「這一次事情做成了，你就是千尋密會的核心成員，我也不瞞你，我們不是沒根腳的散修，只是現在不方便暴露身份。」

「赤火銅礦石，來自一個名為土崛宗的小門戶，幾個築基期的修士攢雞毛湊撣子拼湊出來的野雞宗門。而與我們交易的幾個煉氣士，就是土崛宗裡面的蛀蟲，他們希望賺一些外快，而我們則需要這批珍貴的資源，事實上千尋密會在這裡舉行，真正的目的就是便於接收赤紅銅礦石。」

「我們幾個懷疑土崛宗的那幾個煉氣士出了意外，因此才引來闞月門的修士。這條秘密購買赤紅銅礦石的線路不能斷，闕月門的手伸過來，那就必須斬斷。」

葉御說道：「屬下做好準備了，隨時出戰。」

墨韻說道：「不用準備？」

葉御拍拍袖子說道：「武器帶著呢。」

墨韻起身轉動座椅，牆壁上出現了一道暗門，墨韻說道：「走進去，外子他們在等你。」

原來已經做好了隨時出戰的準備，如果葉御拒絕，哪怕是顯得猶豫，估計也走不出這個建築，而葉御答應之後，根本不給他反悔的機會。

不管玉散人這個散修是否肩負著別的身份或者秘密任務，參加了這一次狙殺闕月門修士的行動，他就徹底打上了千尋密會的烙印，從此再也沒有脫身的可能，這就叫做投名狀。

葉御對墨韻稽手，挺直腰板走入暗門中，前面亮起了一盞燈，寒遠還有幾個蒙面人就在前面等候著。

看到葉御走進來，寒遠點點頭說道：「記住，要發揮你的優勢，不要讓任何人逃走。」

葉御說道：「是，屬下會盯著煉氣期的敵人，不給他們逃竄的機會。」

葉御恨得咬牙，加入千尋密會，好處沒得到，首先就得拼命，地主家買一頭驢，也不至於這麼使用啊。

當葉御他們走出密道，已經來到了後山，寒遠取出遮面的黑布交給葉御，然後葉御看到青衣女子也用黑布蒙面從後面走出來。

哪怕是換了衣服，遮住了臉頰，葉御依然看出她就是原本看管洞府的美貌女子，衣服可以更換，俏臉能被遮住，體內的閃爍著靈光的經脈瞞不過葉御的眼睛。

不是每個人都能做到一天打通五個穴道，經年累月也只能打通幾個穴道才是正常的情況。

葉御是與求遊喝酒的時候，求遊自己鬱悶嘆息說出來，講述自己修行路的艱難。葉御當時說自己從小苦修，八年的時間才踏入三樓半，打死也不敢說他這個月才算是煉氣入門。

這一行加上青衣女子才七個人，其中三個築基期，葉御握著袖子裡的短柄斧，走在隊伍的中間，沒有左顧右盼，只是專心趕路。

就算是見事不妙準備溜之大吉，也不能現在就逃，得到了刀兵相見的時候，再看看具體情況。

能打則打，不能打也得看准機會逃走，剛剛加入千尋密會，就得去玩命，葉御也是醉了。

一行人繞過山坳，穿過山脊，直到黎明前才來到了一個狹窄的山谷口，葉御看到這個地方有些眼暈，因為他從礦場逃離，是穿過了這個山谷口，之後繼續跋涉許久才遇到求遊與何知。

七個人分成兩隊，葉御和寒遠與青衣女子躲在北側的山谷，另外四人則躲在南側的山谷巨石後。

青衣女子低聲說道：「師叔，闕月門的人肯定會從這裡經過？」

寒遠說道：「以前我追蹤過礦場的幾個煉氣士，他們就是從這裡經過，而且每年冬天，會有土崛宗的飛舟往返，應該是運走赤火銅礦石。這一次礦場應該是出了大問題，闕月門的人若是進入礦場，必然從這裡經過，若是他們出現，必然是前往礦場。」

青衣女子說道：「師叔，為何我們不直接攻打礦場？」

寒遠說道：「採礦需要礦工，而且土崛宗的幾個築基期道人聽說秘密培養了許多礦工，我們若是強行接手，沒有擅長管理採礦的人手。更主要的原因是土崛宗採集的礦石分頭賣給了不同的修行宗門，闕月門與大正門就是兩個大客戶，我們若是搶佔了礦山，不好解決後續的手尾。」

「這麼多年來，闕月門與大正門也在虎視眈眈，只是相互掣肘才沒有出手。礦山這塊肥肉太誘人了，反而讓各方勢力投鼠忌器。」

青衣女子看著遠方說道：「赤火銅礦石價值沒有那麼高吧。」

寒遠不動聲色瞄了葉御一眼說道：「若是裡面混雜著陽焰精金呢？」

葉御裝作抬頭遠眺的樣子，陽焰精金？莫非指的就是自己從礦場帶出來的數十兩金子？

青衣女子驚訝說道：「陽焰精金，難道赤火銅礦石混雜著這種珍稀的金屬？」

寒遠說道：「私自販賣礦石的煉氣士肯定不清楚這個秘密，但是土崛宗的人肯定知情，知道為何土崛宗會在寒冬運輸礦石？為的就是通過積雪來判斷哪塊礦石藏著陽焰精金。這是學問，不可外傳。」

青衣女子下意識看著葉御，這個傢伙是外人，沒有經過血的見證，他還不算是真正的自己人。

葉御轉頭看著寒遠說道：「大人，陽焰精金是什麼東西？」

青衣女子說道：「看著像是純金，實則那是黃金無法比擬的珍稀煉器材料，這種材料擺在你面前，你也不會認識，而且幾乎沒可能親眼見到。真正的大修士煉製火屬性的強大法寶，才會咬牙購買少量的陽焰精金添加其中，從而讓法寶威力倍增。」

葉御裝作聽懂的樣子說道：「多謝姐姐指點。」

寒遠低聲說道：「噤聲。」

遠方有一行人踏著積雪在叢林遠方出現，寒遠皺眉，不對，這不是闕月門的成員，而是大正門的成員。

礦場那裡到底發生了什麼變故，闕月門的人出現，現在大正門的修士也出現了，肯定是了不得的大事件，否則不會兩大門派的修士陸續現身。

寒遠眯著眼睛，當人群接近，不要說寒遠，葉御也看出來了，遠方走來的隊伍中，監工老盧赫然就在其中。

老盧引來的外人？葉御還不知道伏擊的目標不是闕月門，而是大正門的修士。

寒遠看到了老盧走在隊伍中，他悄然做個手勢。

多年與千尋密會交易的土崛宗煉氣士，竟然引來了大正門的人，既然伏擊圈已經形成，那就對他們下手好了。

這支隊伍有十一個人，老盧也算其中一個，葉御目光掃過這個越來越近的隊伍，四個築基期，寒遠他們能不能搞定？

當這支毫無防備的隊伍來到山谷中間，寒遠第一個站起來，一張靈符被啟動，靈氣化作數十支尖銳的冰錐向下射去。

看到寒遠站起來，對面山頂的兩個築基期道人同時站起來啟動靈符，既然偷襲，自然要遠程攻擊，打亂敵人的陣腳。

寒遠看到下面的隊伍亂起來，他再次啟動了一張靈符，然後駕馭飛劍向下衝去喝道：「殺！」

葉御看到寒遠他們的目標默契對準了為首的那個築基期道人，幾張靈符集火，這個道人身上被幾根冰錐命中。

偷襲來得突然，等待下面的隊伍反應過來，寒遠他們已經直接俯衝而下，青衣女子看著葉御，葉御盯著隊伍末尾的位置，直接錨定長行。

葉御出現在隊伍後方那個驚慌失措的男子身後，短柄斧直接對著他後脖頸砍過去。

寒遠他們的偷襲足夠突如其來，葉御的錨定長行更是可怕，隊伍末尾的修士聽到風聲，扭頭的霎那，鋒利的斧刃掃過他的脖腔，人頭向上飛起。

葉御向後退，避開了噴濺出來的鮮血，就看到青衣女子她們彪悍對著這支隊伍展開暴風驟雨般的強攻。

老盧在襲擊爆發的霎那，雙手抱著腦袋翻滾。，方沒有人關注老盧，因為雙方全認識他，葉御也認識。

在老盧翻滾到一棵大樹下，葉御一個錨定長行出現在老盧背後，短柄斧精准劈在準備逃亡的老盧眉心。

四年的時間，老盧他們幾個對礦工的壓榨，縱容護礦隊對礦工的毒打與劫掠，葉御沒有絲毫的心慈手軟。而且老盧若是活著，他就會認出玉散人原來是礦場逃離的礦工葉御，因此老盧必須死，寒遠又沒說要留下老盧的性命，反而是給葉御安排了不許任何人逃離的任務，老盧想逃啊，那不得死？

被冰錐打傷多處的築基期道人被寒遠的飛劍斬殺，寒遠轉頭就看到老盧被葉御一斧子劈開了腦袋，寒遠險些被玉散人氣死。

這把刀太鋒利了，簡直就是濫殺無辜，礦場的情況還需要審問老盧呢，你怎麼把他給殺了？你沒看到這個傢伙穿著的道袍和大正門的修士不一樣？

葉御握著短柄斧，擺出虎視眈眈的架勢，寒遠斬殺了一個築基期的強者，雙方已經勢均力敵，更何況有玉散人這種身法詭異的手下。

寒遠喝道：「這個。」

這是對戰場之外的葉御發出的命令，蒙面偷襲自然不會喊出名字，玉散人兩次出手，斬殺兩個人，雖然有一個算是誤殺，依然證明了自身的彪悍戰力。

葉御目光投過去，與寒遠正面對決的築基期道人下意識向後退，警覺到周圍是亂戰，應該不會有人偷襲自己後背。

這個築基期道人剛想到這裡，葉御就化作火焰出現在他的背後，葉御雙手握著短柄斧，直接對著築基期道人的後脖頸砍去。

寒遠狂喜，好樣的，幹得漂亮。

築基期道人聽到風聲，他第一時間啟動了護身的法器，蛋殼形狀的光幕籠罩了築基期的道人。

看到沒有機會得手，寒遠和葉御同時向側面衝過去，千尋密會的一個築基期道人正在同為築基期的對手硬剛，寒遠和葉御加入戰場，大正門的築基期道人下意識衝天而起，不知道這群伏擊者是什麼來頭，各個心狠手辣，戰鬥技巧相當充足。

葉御再次化作烈焰，這一次出現在青衣女子的對手背後，短柄斧對著青衣女子的對手脊梁骨劈下去，喀嚓一聲響，這個煉氣期的煉氣士痛苦怒吼，青衣女子的長劍當機立斷貫穿了他的心臟。

四次錨定長行，等於殺死了三個對手，寒遠和他的夥伴轉身，直撲護體光幕即將消失的那個築基期對手。

優勢被打出來了，雖然比對手少了一個築基期的強者，煉氣期也少了好幾個，因為葉御的果斷出手，追平了劣勢，反而打出了優勢。

葉御拄著膝蓋狂喘，還能繼續施展一次錨定長行，只是葉御覺得自己表現足夠優秀，三樓半的煉氣士，不能更出色了，得顯得極為疲憊才對。

逃到半空的大正門道人駕馭飛劍想要逃走，一個蒙面人揚手，一顆紫黑色的彈丸飛過去，隨著一聲霹靂，這個大正門的道人直接被雷劈下來，青衣女子果斷衝過去，一劍梟首。

勝局，已經奠定了。

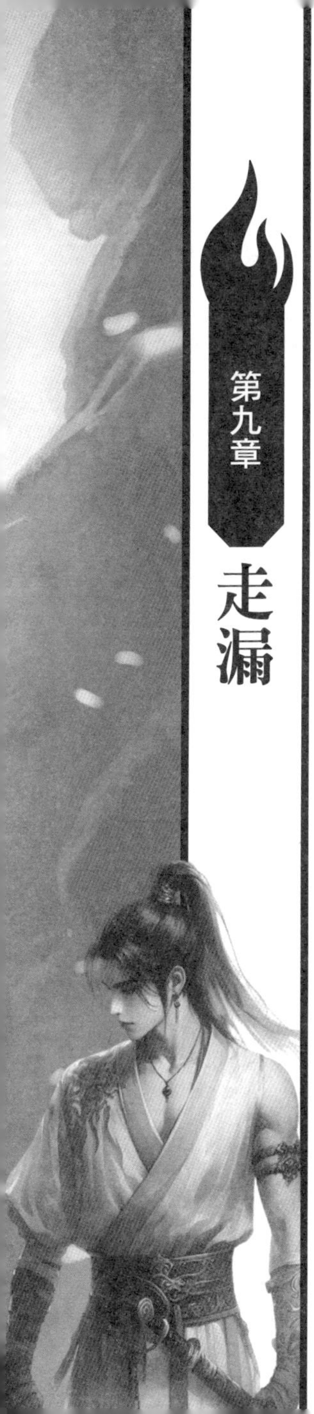

第九章

走漏

躲在蛋殼般光幕中的道人大聲說道：「諸位道友，我等來自大正門，這裡面是不是有什麼誤會？」

這群蒙面人根本不知道來頭，可以看出他們一個個心狠手辣，哪怕是隊伍中的女子也相當兇悍。

兩個築基期道人被殺，四個煉氣期的煉氣士也被殺死，土崛宗帶隊的老盧也慘死，十一個人的隊伍只剩下了四個人。

對方七個人毫髮無傷，而且戰意磅礴，這個時候不及時低頭，那就真的全軍覆沒了。

寒遠指向最後一個築基期的道人，這個築基期的道人做好了駕馭飛劍逃走的準備，另外兩個煉氣期的修士也做好了分頭逃走的準備。

躲在光幕中的道人說道：「這樣的防護寶物我還有兩件，諸位道友，我們只是想進入土崛宗的礦場查看究竟。這一次我們認栽了，但是也不至於徹底不留活路，我們若是音訊皆無，大正門必然第一時間派來高手查看。這一次我們不問諸位的來歷，如果你們想知道什麼我說，畢竟帶路的土崛宗修士已經死了。」

寒遠舉起的手握拳，青衣女子她們停止攻擊，光幕中的道人揮手，他的三個同門分頭向遠方飛去。

道人警惕看著寒遠說道：「死去的那個土崛宗煉氣士叫做盧鵬，他是礦場的監工之一，前些日子礦場坍塌。」

道人的話吸引了寒遠的注意，道人是故意拖延時間，免得自己的同門被追殺，看到寒遠目光盯著自己，道人說道：「坍塌的礦場露出了一座神秘的上古宮闕，不知道年代有多久遠，也不知道有什麼寶物。當時準備帶走赤火銅礦石的人第一時間殺人滅口，礦工和監工一個不留，盧鵬藏在屍體堆中保住了一條命，他逃離之後找到了我們。」

「我們一邊派人送信給大正門，一邊緊急集結準備趕赴礦場，現在行動宣告失敗，如果不想讓我拼個魚死網破，諸位見好就收如何？」

寒遠問道：「礦場坍塌，露出了上古宮闕？」

道人說道：「看起來極為龐大的宮闕，全部是岩石建造，一個礦工偶然挖出穿入口，當時土崛宗的修士們迫不及待進入探索，結果地下宮闕的入口坍塌，導致死傷慘重。這個秘密土崛宗沒能力封鎖，我們懷疑闕月門的修士出現在附近，就是聽到了地下宮闕出現的消息。」

道人說到這裡，手中出現了一個鐘形的寶物，他真的還有新的護身寶物，寒遠做個手勢，帶著眾人向遠方退去。

如果是礦場坍塌，導致上古宮闕問世，這個消息已經被大正門和闕月門知道，估計很快消息就會傳開。

礦場中藏著地下宮闕，勢必要引發血雨腥風，甚至沒有打掃戰場，搜刮戰利品，寒遠撤退得相當果斷。

沒有沿著原路返回，寒遠帶著眾人走向了另一個方向撤退，同時在某些積雪少的地方清理了留下的腳印，三個時辰後眾人在一個荒涼的山洞停下。

葉御雙手抄在袖子裡坐在山洞口，如果事情不對勁，葉御會第一時間逃走，免得被寒遠殺人滅口。

寒遠說道：「這一次奇襲，大家表現相當不錯，尤其是剛加入的玉散人，殺伐果敢，出手相當精准。未來我們要著重培養玉散人，作為我們的殺手鐧。」

青衣女子摘下遮臉的黑布說道：「玉散人的戰鬥天賦極高，從千尋密會中的戰鬥就可以看出來。」

一個老者也摘下黑布說道：「隨時保持著警惕狀態，天生就是能征善戰的好手。」

這話算是誇獎，也算是指出葉御此刻依然保持警惕的狀態，分明是提防自己人對他下黑手。

這個老者葉御在密會中見過，當時老者擺出閒逛的樣子，道袍上也沒有佩戴圓形的法器，當老者摘下黑布，葉御第一時間認出了這個築基期的強者。

寒遠笑笑說道：「玉散人剛剛加入我們，用實打實的戰績證明了自己的實力和誠意。現在你們也知道了，土崛宗的礦場竟然出現了上古宮闕，而不是墳墓，那就有可能是上古修士修行的洞府。」

老者說道：「若是上古洞府，那就意味著極有可能是強者建造，不得不說，真誘人。」

一個築基期的中年人說道：「我們的實力不夠看，想要分一杯羹，很容易被大正門的人認出來。」

寒遠說道：「參與此次截殺的人不要露面，反正這兩天就是千尋密會結束的時候，到時候大正門懷疑我們也沒證據，再說他們也找不到人。玉散人的潛力我看好，所以我會帶著他離開避風頭，如果他對飛劍有興趣，墨韻會傳授他飛劍之道。」

「我們應該立志高遠，而不僅僅是舉辦千尋密會賺小錢。上古宮闕極有可能藏著珍貴的修行秘法，我的意思是等待時機，萬一有可乘之機，大家聯手做一把。」

老者說道：「我快到大限了，如果玩命，算我一個。李友，你呢？」

築基期的中年男子說道：「散修修行，走走停停，身為散修我受夠了。如果真有上古秘法，我一定搏一把，曲老敢拼，我也敢。」

寒遠說道：「既然如此，我們現在就分頭離開，免得讓大正門抓住蛛絲馬跡，躲避風頭時期不要聯絡，有緊急事件，還是在千尋密會附近留下資訊。」

青衣女子說道：「師叔，我和你一起走。」

七個人分成了三個小隊，寒遠的人數最多，帶著葉御和青衣女子消失在皚皚白雪覆蓋的叢林。

這一次寒遠帶著他們兩個跋涉到了後半夜，轉到葉御已經無法辨別方向，只能大致判斷是向南走，具體的方位早就亂了。

天色即將黎明時分，寒遠來到了一個山腳下的山村中，趁著天色昏暗，他們悄然翻牆而入，院子裡的一個護院被驚醒，他提著燕翎刀出現在黑暗中，看清楚寒遠之後躬身退下。

寒遠低聲說道：「帶著我侄女和一個遠方侄子趕夜路而來，老謝，你去休息吧。」

寒遠指著一間客房說道：「小葉，你住那裡，好好休息，天明再說。」

長途跋涉設伏強殺大正門的修士，然後繼續連夜跋涉幾個時辰，葉御還能堅持，青衣女子早就疲倦到抬不起腿。

葉御也沒點燈，進入客房之後首先盤膝打坐，開始今天的修行，開啟的經脈不夠多，導致氣海在不斷長大，依然沒有達到葉御的預期。

而且火焰刀無法施展，這讓葉御心癢難耐，這幾天一定要把手陽明大腸經搞定，看看能不能施展出縮水版的火焰刀。

寒遠站在院子裡，耳朵微微擺動，聆聽到葉御沒有入睡，而是硬扛著疲憊修行，寒遠頗為震撼。

許多散修說修行艱難，但是他們真的全力以赴地修行了嗎？從葉御進入千尋密會開始，除了幾次在攤位處尋覓自己需要的物品，再就沒有看到他出來過。

簡陋的洞府裡面乏善可陳，葉御極有可能就是在洞府裡堅持不輟的修行，年紀輕輕就能扛住誘惑，天天枯燥的修行，這才有了玉散人的超卓戰力。

如果不是根腳不清楚，寒遠會更加器重這麼上進的散修，只是現在還不行，不能僅僅是因此一次行動就徹底信賴。

五個穴道打通，葉御開始搬運肝臟的灼熱氣流，打通了將近四條經脈，數量過百的穴道，肝臟的靈火依然沒有減少的跡象。

葉御現在天天默默祈禱，希望肝臟的灼熱氣流不要減少，沒有靈氣充足的地方可以修行，今後能走多遠，就看肝臟的灼熱氣流能堅持多久。

完成了日常修煉，葉御才倒下沉沉睡去，沉睡的時候，葉御依然抱著短柄斧，這樣隨時可以暴起反擊有可能出現的敵人。

午後，葉御是被誘人的香氣勾引起來，廚子正在烹飪菜肴，睡眼惺忪的青衣女子被一個丫鬟叫起來，正在對著天空打呵欠。

年輕貌美，打呵欠的時候也顯得嬌慵養眼，怎麼也想像不到昨天截殺大正門的修士，青衣女子在葉御幫助下殺死了兩個對手，葉御沒敢多看，免得丟人現眼。

寒遠看到葉御走出來，他含笑問道：「休息得如何？」

葉御說道：「疲憊之後睡個懶覺，相當的舒服，大人龍馬精神，晚輩自愧不如。」

寒遠呵呵笑道：「會說話的小子，今後喊我韓叔，無論任何地方。」

葉御稽手躬身說道：「韓叔。」

寒遠說道：「你年紀不大，肯定經歷過許多不堪回首的往事，因此極為警覺，輕易不會相信別人。我理解，也不強迫你現在就徹底相信我，你慢慢學會享受生活，逐漸嘗試和人交流。」

「石青靈，我的師侄女，我師兄的得意弟子，今後你們多交流，你稱呼她姐姐也好，師姐也好，隨意。」

葉御恭敬對石青靈稽手說道：「小弟葉御，見過師姐。」

石青靈用手遮住嘴打呵欠，說道：「姓葉，名為玉散人，所以真實的名字叫做葉玉？玉石的玉？」

葉御更正道：「御駕親征的御。」

石青靈發出清脆的笑聲，御駕親征？你把自己當皇帝了？

寒遠丟給葉御一個袋子說道：「儲物袋，不方便攜帶的物品可以放在裡面，只是儲物袋誰都能打開，沒有禁制，小心別弄丟了。」

葉御大喜，聽礦工們說過有一種特殊的法器叫做儲物袋，看著不大，裡面空間不小，可以裝載許多東西。

更好的則是傳說中的芥子指環，葉御懷疑地下密室中屍骸留下的戒指，就是芥子指環，否則無法解釋為何死者身無長物。

葉御身上零碎不少，經常擔心不小心掉落，有了儲物袋就太方便了。葉御腳步歡快地返回自己的客房，把陽焰精金、幾本道書還有賣出《厚土經》得到的金子，與千尋密會中弄到的錢袋子全部放入其中。

地下宮殿中弄到的金屬環，葉御依然套在自己的左臂上方，這件特殊的寶物不知道來歷，還是套在胳膊上放心，地下密室中得到的戒指依然當作吊墜戴在脖子上。

葉御重新走出來的時候，丫鬟已經準備了青鹽和柳枝，讓葉御能夠清理牙齒，葉御哪享受過這樣的待遇？

葉御蹲在地上用柳枝擦拭雪白的牙齒，八年修煉天工經，臟腑足夠強勁，牙齒頭髮自然顯得健康。

石青靈沒睡夠，全身經脈打通了十條，而且第十一條經脈完成了大半，體力卻遠遜於葉御。

葉御盥洗完畢，丫鬟讓葉御坐在椅子中，她幫助葉御梳理頭髮，挽成了乾脆俐落的髮髻，葉御頓時顯得清爽俐落了許多。

寒遠揮手讓丫鬟離開，他來到葉御面前，看著清秀的少年，寒遠滿意說道：「是不是從來沒有人照顧過你？」

葉御眼中一閃而過的憂傷讓寒遠捕捉到了，寒遠拍拍葉御的肩膀說道：「今後把這裡當作自己的家，這幾天可以放鬆一下，想做些什麼？」

葉御毫不猶豫說道：「修行。」

寒遠哈哈大笑，石青靈揶揄道：「除了修行，你就沒有別的追求了？」

葉御抿嘴，真的沒有別的追求。修行，先把自己的十二正經全部打通，當然小目標是先學會火焰刀，烈焰長行的效果親自驗證，相當的好用，火焰刀肯定更不錯。

寒遠說道：「既然你想修行，那麼有沒有興趣學習飛劍之術？這一次出征，你的功勞我看在眼裡，該有的獎勵得有。」

葉御驚喜說道：「您也懂飛劍？」

石青靈笑出聲，她前幾天吃飯的時候提醒過葉御，未來有機會可以向墨韻請教飛劍之術，沒想到這個小傢伙腦袋一根筋，認為唯有墨韻師叔才懂飛劍，你忘了戰鬥的時候，寒遠師叔駕馭飛劍斬殺敵人的那一幕？

寒遠逐漸確認了，這個起名為玉散人的小傢伙是真的很單純，如果他不是散修就好了，正統的宗門輕易不會接受帶藝投師的門人。

寒遠說道：「飛劍，不是簡單地把真氣注入飛劍就可以，否則就不涉及到什麼御劍法門了。我真正的師門絕學不能傳給你，不過我曾經意外得到了另一門劍術，取出你的長劍。」

葉御抽出背負在身後的長劍，寒遠也抽出自己的長劍說道：「御劍的第一步是有一柄能夠承受真氣的長劍，這樣才有能夠飛行的可能。

第二步是養劍，用自己的真氣反覆淬煉，這一步就涉及到各門各派不同的劍術了。你可以掌握多種劍術，但是飛劍沒這個能力，一柄飛劍只能契合一門劍術。」

寒遠有些遺憾說道：「你是火系靈根，修行的還是火系道法，但是這門劍術不是火系劍術，當然這門劍術的劍訣我反覆琢磨過，這是通用的劍術，足夠你用。」

葉御躬身行禮，寒遠輕聲講述著溫養飛劍的訣竅，是按照這門《飛鳥劍訣》的心法去溫養飛劍。

按照不同的劍訣溫養飛劍，讓飛劍契合這門劍法，這就是煉劍的過程，從此就定型了。因此若是得到上品的飛劍，肯定不會捨得使用尋常的劍術去煉化飛劍。

吃早飯的時候，葉御也是心不在焉，不斷反覆琢磨劍訣，寒遠和石青靈放下筷子，忍著笑看著葉御不管鹹菜還是炒菜，胡亂就著米飯吃下。

溫養飛劍不需要背著別人，葉御坐在屋簷下曬著太陽，右手握著長劍，左手掐訣在劍身不斷摩挲。

微弱的火焰在葉御掌中噴發，寒遠皺眉，葉御說他是三樓半的煉氣士，但是打通了三條半經脈的煉氣士，能夠做到真氣外放？莫非葉御是個小天才？

在飛劍發出劍鳴的時候，寒遠說道：「可以了，飛劍也有承受的極限，過猶不及。」

葉御噓口氣，把長劍插回劍鞘，旋即從袖子裡取出短柄斧，寒遠看得目瞪口呆，石青靈笑出聲，你是修煉狂吧？

葉御訕訕說道：「我覺得這把斧子也挺好用，說不定能夠變成飛斧。」千鳥劍訣能不能用來溫養斧子，寒遠也不知道，只是葉御正在興頭上，寒遠說道：「也好。」

葉御覺得短柄斧甚至比長劍更靈動，前幾天使用真氣打入短柄斧，明顯感覺更順暢。

在寒遠和石青靈的關注中，葉御握著短柄斧，左手迸發出烈焰淬煉短柄斧，好像還真的可行，短柄斧的斧刃更加寒光凜冽。

上午淬煉長劍和短柄斧，下午回到客房修習《鐵煉真經》，把自己打得慘不堪言，然後躺在床上繼續研讀御火真經。

御火真經第一遍看，覺得不難，第二遍看覺得深入淺出，第三遍看覺得博大精深，之後每一次翻閱，葉御總有不同的感受。每一次閱讀總有不同的體會，這是別的道書沒有辦法帶給葉御的感受，彷彿這本道書可以看一輩子。

和在千尋密會的狀態相彷，不同的是在這裡葉御相對安心起來，寒遠沒有惡意，否則葉御沒有還手之力。而且寒遠是帶著石青靈和葉御來到他藏身之所，這是對葉御表達一種親近與信賴。

在這個幾乎與世隔絕的小山村第四天晚上，葉御的手陽明大腸經打通，現在是四樓的煉氣士。

顧不得搬運肝臟的灼熱氣流，葉御第一時間按照火焰刀的秘法催動真氣，一道模糊的烈焰從葉御掌緣迸發出去。

寒遠在另一個房間豎起耳朵，真氣波動瞞不過寒遠的感知，而且這一次葉御引發的真氣波動帶著強烈的殺機，這是練習秘法？

葉御自己組合的錨定長行讓寒遠極為驚豔，精准傳送到敵人附近，貼臉開大，面對築基期道人的時候或許有心無力，面對煉氣期的對手那就是絕殺。

這一次葉御掌握的是什麼秘技？難道是通過千鳥劍訣領悟出來？由不得寒遠多想，葉御這個散修的戰力非凡，肯定與他的悟性有關。

寒遠見識過太多的修士，尤其是他所在的門派中，石青靈算是佼佼者，依然比不上葉御能打。其他的所謂天才，修行的時候進步很快，實戰的時候簡直慘不忍睹。

葉御舉起右手，火焰刀入門，入門就好辦，之後可以慢慢打通手三陰的三條經脈，讓火焰刀成為另一個絕活，防得住飛劍，防得住飛斧，那麼我的火焰刀你拿什麼抗？

心情愉悅的葉御真想吼兩嗓子，痛快，修行漸入佳境，戰鬥的手段越來越多。而且短柄斧比長劍更有靈性，現在葉御打坐催動的時候，短柄斧會不斷顫抖，似乎隨時有可能飛起來。

劍氣破空的聲音傳來，寒遠說道：「墨韻，妳回來了。」

葉御走出客房，看到墨韻駕馭飛劍落下，墨韻對葉御微微頷首，寒遠帶著玉散人來到了藏身的秘地，那就意味著葉御的戰鬥得到了寒遠的認可。

墨韻說道：「讓青靈也過來，現在情況有變。」

石青靈聽到聲音也走了出來，一行人進入中堂，墨韻說道：「闕月門和大正門在一處礦場打起來了，是出產火焰銅礦石的礦場。兩天前，千尋密會關閉的日子，大正門的多個築基期強者到來，氣勢洶洶準備尋找兇手，我就知道你們可能誤中副車，伏擊闕月門的人，卻變成了襲擊大正門的隊伍。」

寒遠呵呵笑道：「斬殺了大正門兩個築基期的道人，葉御，就是這個起名為玉散人的小傢伙，表現那是相當的亮眼。宗門煉氣期弟子中沒有人能夠比葉御戰鬥力更強，這是天賦，也有心性堅韌的原因。」

墨韻說道：「據傳礦場那裡坍塌，露出了一個上古的宮闕，有擅長望氣的高手確定那是古代大能的修行道場，裡面絕對有曠世奇緣。」

寒遠說道：「我已經逼問大正門的道人，知道了那裡有上古洞府，也懷疑那裡面有不容錯過的機緣。我已經給宗門傳去了資訊，下一步行動需要宗門來人確定。」

葉御端坐，就當沒聽到墨韻提起的宗門。現在可以確定，寒遠、墨韻與石青靈他們來自同一個宗門，只有葉御是真正的散修，還是野生的那種。

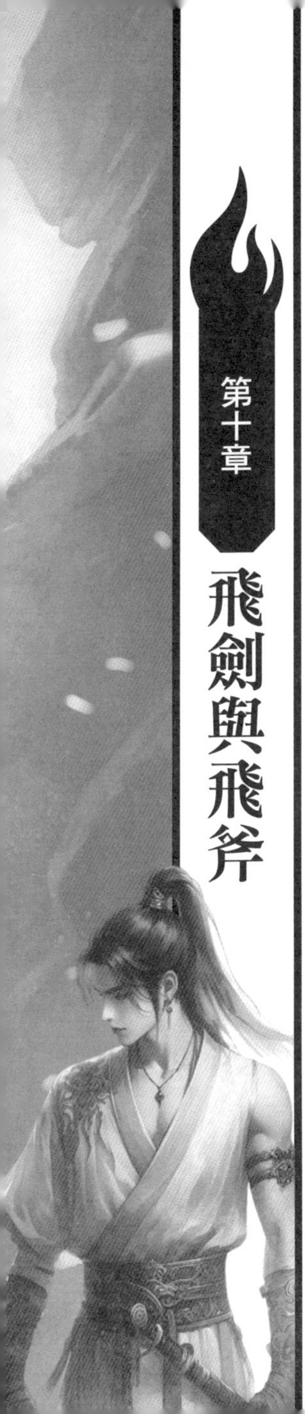

第十章

飛劍與飛斧

墨韻的目光投向葉御，寒遠說道：「我傳授了葉御《飛鳥劍訣》，這孩子悟性不錯。」

墨韻說道：「葉御，你的確是散修，而沒有宗門？」

葉御站起來說道：「純正的散修，依靠家傳的火系道法，自己胡亂捉摸著修行。」

墨韻說道：「我們來自一個傳世宗門，雖然不如闕月門和大正門實力雄厚，也算是相當有底蘊。青靈最早向我推薦你，說你看起來是個看起來就很純淨的孩子，我與外子觀察，也的確如此，我們有自己觀察一個人的方法，今天再次確認你是不是散修，涉及到未來如何對待你。」

葉御說道：「晚輩的確是散修，對修行界幾乎是一無所知，自家的道法足夠修行到築基期巔峰，只是飛劍之類的秘法沒有傳承，只有一門錨定長行身法，還有剛剛入門的火焰刀。」

寒遠說道：「真氣外放？」

葉御對著空地揮手，一道模糊的火焰噴薄而出，沒有凝聚成刀型，依然證明了葉御能夠做到真氣外放。

墨韻說道：「祖傳道法中的秘技？」

葉御說道：「是。」

寒遠說道：「若是火系修道人看到，必然奉為神技，煉氣期做到真氣外放，相當了不得的秘技。」

葉御說道：「晚輩願意奉上。」

寒遠說道：「我們沒有人修行火系道法，沒這個天賦，況且也不能讓你付出這麼多。我傳授你飛鳥劍訣，是因為你狙殺大正門的時候立功的獎勵。」

「我們參與組建千尋密會，學會了有買有賣的規矩，看似市儈，實則這樣大家相處起來很舒服，而不是看到好東西就一定要弄到手，那不合天道。這是你祖傳道法中的秘技，必然是契合道法而衍生出來，單獨拿出來，別人也不見得學會。他山之石，可以攻玉，那是同類的秘技，可以相互借鑒，我們沒人擁有火靈根，貿然揣摩火系秘技，說不定適得其反。」

「這幾天你努力溫養飛劍和斧頭，給你墨韻阿姨展示一下你的修行成果，也讓你青靈師姐開開眼界。」

葉御從袖子裡掏出短柄斧說道：「還沒取得明顯的成果，勉強能夠讓斧頭動一動。」

葉御把短柄斧平放在掌心，隨著葉御對著短柄斧吐納，短柄斧微微顫抖，似乎想要飛起來，卻又力不從心。

葉御呼吸變得悠長，短柄斧的斧柄上斑駁模糊的花紋明滅，然後在眾人震驚的眼神中，短柄斧猛然彈起來。

寒遠和墨韻對視，葉御剛剛學會千鳥劍訣沒幾天，就這麼短暫的日子，葉御已經入門了。

葉御死死盯著短柄斧，短柄斧在隔空抽取葉御的真氣，旋即懸在掌心之上的短柄斧打個盤旋重新落在葉御的掌心。

寒遠嘆口氣說道：「如果你不是散修多好，憑藉你的天賦，我一定把你接引進入宗門修行。」

葉御微微沉默說道：「如果不是散修，晚輩也沒機會見到您，成為散修也挺好的，無拘無束，自由自在。」

石青靈說道：「未來呢？煉氣巔峰之後，如何築基？你想過嗎？」

葉御說道：「沒有，先慢慢修行著，估摸煉氣巔峰還得修行很久。」

沒辦法說實話，每天打通五個穴道，這是驚世駭俗的恐怖速度，葉御相信如果自己暴露，或許寒遠就得把他抓走，帶回宗門去仔細研究。

墨韻說道：「以前沒有遇到高手對你高看一眼。」

葉御說道：「晚輩的真氣內斂，別人看不出我是煉氣士，遇到求遊大哥，他讓我適當放出真氣，免得讓人看出我的真氣不一樣。」

寒遠、墨韻和石青靈的目光投向葉御，葉御收斂自己故意釋放出來的氣息，這才是他的正常狀態。

除了道袍之外，葉御就是一個清秀的少年，根本看不出來這是一個煉氣士，而且殺傷力極強的煉氣士。

墨韻忍不住問道：「這才是你的正常狀態？」

葉御說道：「是，真氣是故意釋放出來，其實那樣很不舒服。」

寒遠說道：「葉御，你知道嗎？你天然就是一個殺手的好苗子。」

葉御垮臉，我是殺手？

寒遠說道：「完美遮掩氣息，錨定長行近身突襲，再加上神力驚人，煉氣期你應該找不到對手，若是火焰刀徹底掌控，你的殺傷力將會更上一層樓。原本我還擔心你是某個宗門培養的種子高手，現在我相信任何一個宗門也不會把這樣的種子高手放出來，甚至不可能暴露出來，我們再琢磨一下。」

遇到葉御這種戰力驚人的散修，寒遠有些搞不會了，他所在的宗門不可能收下一個散修為弟子，畢竟心懷叵測的內奸若是混入門中，危險很大。

只是葉御的戰力驚人，悟性更是讓人震驚，僅僅是幾天的時間就把飛鳥劍訣徹底掌握了，甚至驅動短柄斧短暫飛起來。

葉御欠身行禮回到了自己居住的客房，關上房門默默催動真氣拍打周身的穴道，有節奏的拍打聲讓寒遠已經習慣了，墨韻挑眉。

寒遠輕聲說道：「他在千尋密會弄到了幾本道書，其中有《鐵煉真經》，他應該是按照這本煉體的秘法，堅持不輟鍛打自己的身體。」

墨韻說道：「天賦毅力悟性皆是上乘，可惜了。」

寒遠說道：「是啊，可惜了。」

石青靈說道：「宗門不是聘請了一些護法嗎？他們也是散修。」

墨韻說道：「宗門護法至少也是築基期，而且宗門對他們知根知底，葉御是煉氣期啊，哪有資格成為宗門的護法？而且他從來沒有透露過家族所在地，讓人無跡可尋，僅僅一句我是散修，誰敢信他？」

石青靈聳聳肩膀，這個的確沒辦法。

寒遠說道：「只能讓他成為千尋密會的成員，咱們自行培養並觀察，若是有一天他能築基，那才有資格引薦給宗門。」

墨韻說道：「葉御的火系真氣異常純正，這絕對不是普通的修士家族，肯定有來頭，我們可以慢慢打聽，不可能沒有任何根腳。」

再次把自己拍打得全身劇痛，葉御默默回憶《御火真經》的內容，反覆揣摩火焰刀秘法的每一句話，甚至是每一個字。

沒成型的火焰刀，施展起來也極為消耗真氣，在客房第一次嘗試成功，當著寒遠夫婦與石青靈演示了一次，就消耗了將近一半的真氣。

葉御默默搬運肝臟的灼熱氣流進入氣海，沒有天地靈氣？侵入肝臟的灼熱氣流就是最佳的靈氣來源。

現在葉御開了眼界，也逐漸知道了肝臟潛伏的灼熱氣流是無價之寶，只是依然不明白那是可遇而不可求的靈火。

修行完畢，葉御摩挲著短柄斧，這件武器比長劍更讓葉御喜歡，主要是能藏在袖子裡，使用起來非常便捷。

當然真正的飛劍秘法，肯定還是長劍更適合，葉御抽出長劍進行溫養，有了駕馭短柄斧的經驗，葉御感覺好像長劍更適合飛鳥劍訣。

夜深人靜，葉御左手掐劍訣，右手鬆開長劍，長劍發出劍鳴自動飛起來，還沒入睡的寒遠和墨韻相對苦笑，這個小傢伙悟性有些妖孽。

葉御坐在黑暗的房間中，看著長劍釋放出璀璨的靈光，只是還有些位置真氣沒有徹底進入。

葉御伸手，長劍回到了葉御手中，葉御在黑暗中繼續灌注真氣，同時左手摩挲著劍身上沒有被真氣洗練的位置，修行真有意思，估計自己到了煉氣巔峰，應該能夠從容駕馭飛劍以及短柄斧。

至於築基？那是何其遙遠的夢想？若是築基，豈不是和土崛宗的宗主是一個境界？聽說土崛宗是幾個築基期大修創立，曾經築基是葉御不敢奢望的夢想。

現在葉御覺得可以暢想一下，按照現在的修行進度，幾個月的時間就能打通全部的十二正經。

接下來的日子相當的安逸，葉御雷打不動的每天打通五個穴道，然後按照鐵煉真經進行鍛體，同時使用真氣淬煉長劍和短柄斧，之後是上午下午各一次，施展一次火焰刀。

讓寒遠與墨韻無法理解的是，葉御沒有借助靈玉，而此地天地靈氣稀薄，葉御的真氣如何補充？

葉御警惕心很強，從他從來不透露自己的出身，就可以看出他對別人極為警惕，而且最初見到葉御的時候，頭髮亂蓬蓬，儼然是個野孩子。

一個顛沛流離中成長的散修，而且殺伐果敢，可以看出葉御經歷過的日子很不美好，甚至有可能是很糟心。

寒遠為人練達，自然不會打探葉御的小秘密，好奇心過剩會導致這個天賦極佳的少年揚長而去。

除夕到來的前一天，葉御的手太陰肺經徹底貫通，五樓的煉氣士，氣海也壯大了許多。

最讓葉御驚喜的是火焰刀成型了，雖然不夠凝固，依然可以看出從手掌迸發出來的火焰，形成了半圓形的弧狀，已經具備了可觀的殺傷力。

寒遠等於是親眼見到葉御從無到有，一天天讓火焰刀成型，而且現在葉御已經能夠指揮飛劍和短柄斧飛行，初步具備了飛劍和飛斧的雛形。

小山村沉浸在新年到來的喜氣洋洋中，葉御被石青靈帶著，親自給內院的大門和屋舍的房門和窗戶貼春聯。

作為小山村唯一的大財主，許多孩子來到大門前等著發喜錢，葉御貼完春聯和福字，抱著一個裝著銅錢的笸籮來到大門口。

寒遠和墨韻微笑把一個個紅色小布袋裝滿銅錢交給那些滿眼渴望的孩子們，小山村不大，包括蹣跚學步的幼兒在內，也只有十幾個孩子。

葉御看得眼熱，他從來沒有得到過新年的紅包，幼年是流浪兒，早不記得自己來自何方。

八歲的時候被土崛宗的修士帶走，開始學習天工經，滿心歡喜以為自己能夠一步登天。結果四年苦修，力氣增長了許多，然後被送到礦場開始挖礦。

一起學習天工經的孩子有許多個，只是那些遲遲無法入門的孩子被帶走了，至於他們的歸宿如何，葉御不敢去想。

一個個孩子跪下磕頭，帶著自己的紅包滿意而歸，寒遠不小氣，笸籮裡面不是小錢，而是當十的大錢，一個紅色小布袋能夠裝下將近三十個大錢，對於村民來說，這可是不菲的收入。

遠方有白髮蒼蒼的老人拱手行禮，每年財主家會發喜錢，而且每戶人家會被送去一份米麵和臘肉，這是大善人，家大業大，還庇護鄉鄰。

在孩子們離開之後，寒遠從袖子裡掏出兩個紅包，石青靈歡喜說道：「多謝師叔。」

墨韻笑道：「是不是等好久了？」

石青靈樂出聲說道：「沒有靈玉，修行太艱難，跟著兩位師叔混，就指望這份紅包呢。」

寒遠把一個紅包遞給石青靈，另一個紅包則遞給了葉御說道：「別怕浪費，資源轉化為實力，才是正道。憑你的實力，不會缺少靈玉。」

葉御看到紅包透著靈光，入手之後更是察覺到靈氣幾乎透過紅包向自己的手裡鑽，葉御忍不住打開紅包，裡面是四塊晶瑩剔透的玉石。

遠方一個蒼老聲音響起道：「過年發福利呢？有沒有我徒弟的份？」

寒遠大聲笑道：「有，必須有，恭迎伏波師兄。」

墨韻在稽手行禮，葉御把紅包放在懷裡，與石青靈同時稽手躬身。

一個老者帶著兩個年輕男子在遠方走過來，那兩個男子看到石青靈的時候，眼神明顯熾熱起來。

伏波來到大門口，說道：「這位有些面生。」

寒遠說道：「千尋密會的成員，我和墨韻親自考核加入，戰力相當不俗的散修。玉散人，還不見過伏波前輩？」

葉御透露了自己的真實姓名，此刻讓葉御給伏波行禮，寒遠依然使用玉散人的稱呼。

葉御躬身說道：「晚輩玉散人，見過前輩。」

伏波呵呵笑道：「能夠被師弟夫婦帶到這裡過年，顯然很是器重。」

寒遠從袖子裡拿出兩個紅包說道：「兩位師侄，氣度越發從容了，顯然修行順遂。」

兩個青年男子同時躬身接過紅包，說道：「多謝師叔。」

寒遠說道：「玉散人，你和青靈去給咱家的成員發紅包，廚子給二兩銀子，丫鬟五兩銀子，護院是十兩銀子。」

丫鬟可以進入內院，地位相對較高，護院則是拱衛宅院的安全，寒遠不在家的時候，兩個護院負責這裡的安全，廚子每個月有固定的薪水，因此過年的紅包最少。

丫鬟有四個，護院有兩個，葉御見過其中一個，就是來到這裡的當夜，提刀警惕出現的那個中年男子。

伏波帶來的兩個青年男子目光追逐著石青靈，作為同輩出色的美貌師妹，石青靈很招風。

石青靈取來銀子，與葉御放入紅包中，給眾人發紅包，葉御沒見過的那個護院雙手接過紅包，葉御看到他雙手粗大。

察覺到葉御的目光盯著自己的雙手，護院說道：「屬下主修鷹爪手，使用的是湯藥洗練，因此顯得雙手異常。」

葉御說道：「鷹爪手？」

護院說道：「近身搏鬥的時候效果還行。」

葉御小心翼翼說道：「能見識一下嗎？」

葉御打架是野路子，根本不成章法，聽到這個護院的鷹爪手，葉御有些動心了。

石青靈說道：「玉散人是你家主上的晚輩，如果方便傳授鷹爪手，我做主，給一百兩銀子的拜師禮。」

護院驚喜看著葉御，學習鷹爪手還有一百兩銀子可拿？你學不學？

葉御說道：「能傳授？」

護院說道：「小少爺想學習鷹爪手，那是我張克的天大面子。」

這就是同意了，另一個護院有些眼熱，一百兩銀子，能買十來畝良田呢。給主人家看家護院，總不能工作到老死，再說誰沒有自己的妻兒老小，買地當一個小財主還是正經過日子。

石青靈說道：「謝護院，你的刀法也相當不錯，玉散人肯定想學，你若是不介意，等待玉散人學會了鷹爪手，你傳授他刀法。」

葉御準備取出自己的儲物袋，錢，我有，只要這兩個護院肯傳授就行。

石青靈白眼說道：「師叔家底豐厚呢，這筆錢讓他出，你專心學習就好。」

張克把紅包收起來，躍躍欲試說道：「小少爺，什麼時候開始學習？」

葉御說道：「現在成不？」

張克說道：「肯定成，我給您演示一下十八路鷹爪手。」

張克這是祖傳的武學，絕大部分的實力就體現在十八路鷹爪手上，一百兩銀子的誘惑，讓張克出手虎虎生風。

葉御驚喜，這手法自己若是學會了，結合錨定長行，殺傷力必然倍增啊。

張克演示了一遍，葉御擺開架勢，張克來到葉御身後，幫助葉御擺出正確的姿勢，同時調整葉御的手勢說道：「需要秘製湯藥的藥方嗎？」

葉御說道：「不用，我有真氣催動，估計威力不會差。」

張克說道：「如果是僅僅學習招式，屬下相信小少爺很快能入門。」

葉御學得認真，張克教得認真，葉御的五指成爪，緩緩施展十八路鷹爪手，張克大聲奉承道：「像模像樣了，小少爺真的有天賦。」

嗤笑聲響起，寒遠不動聲色，伏波捋著鬍子沒喝斥自己的徒弟，發出嗤笑聲的青年男子說道：「伏遠師叔，這個玉散人學習世俗的武學？」

寒遠說道：「玉散人的近身搏殺能力很強，與張克學習鷹爪手可以相得益彰，還有，本座在世俗中使用的是本名，別提道號。」

伏波轉頭看了一眼，說道：「青器，沒規矩了不是？」

寒遠的道號是伏遠，因此他和伏波是師兄弟，寒遠是千尋密會的主宰之一，從來不用自己的道號。青器貿然說出寒遠的道號，葉御聽到無妨，但是家裡的丫鬟和護院在呢。

青器低頭行禮，另一個青年男子說道：「師叔，近身搏殺能力有用嗎？飛劍出鞘，還能被對手侵襲到身邊？」

墨韻皺眉，這裡是小山村，她和寒遠就是人們心中的財主夫婦，寒遠帶著葉御他們到來，丫鬟和護院不會接近內院，就是不想讓他們知道這家的主人是修道人。

寒遠說道：「張克，你們先下去休息，今天是新年的大喜日子，晚上可以開懷暢飲。」

張克他們欠身走出內院，寒遠拂袖關閉了內院的大門說道：「玉散人，我的兩個師侄沒見過近身突襲的手段有多可怕，你給他們展示一下，別下殺手。」

葉御抬頭，看著那兩個青年男子，下一刻葉御化作烈焰出現在發出嗤笑聲的青器面前，短柄斧的斧背貼著青器的心臟位置。

青器的手抬起來，背著的長劍還沒出鞘，伏波按住了青器的肩膀說道：「丟人現眼的東西，如果玉散人是敵人，你已經死了。」

寒遠說道：「青器師侄，知道近身搏殺的恐怖之處沒有？」

青器臉上青一陣白一陣，葉御把短柄斧收回袖子裡，緩緩來到石青靈身邊，另一個青年男子說道：「師叔，如果有了防備呢？」

寒遠說道：「玉散人，你的飛劍不展示一下？」

隨著寒遠的聲音，葉御背著的長劍發出劍鳴從劍鞘中飛起來，伏波皺眉說道：「飛鳥劍訣？」

寒遠說道：「玉散人在作戰中表現相當悍勇，煉氣期就沒有遇到對手。前些日子出戰，殺死了三個對手，因此小弟自作主張，把意外獲得的飛鳥劍訣傳給他，這不是宗門傳承的飛劍之法，傳授給玉散人也不算是違反門規。玉散人必須被培養起來，輔佐我和墨韻更好地執掌千尋密會。」

伏波說道：「原來如此，師弟應該傳授不久，他就掌握了飛劍的基本手法，天賦不錯啊。」

寒遠說道：「正因為如此，小弟才會大力培養。」

伏波說道：「希望有機會見識一下他與敵人搏殺的場面，大正門和闕月門在礦場展開了多次戰爭，宗門已經派出高手趕赴礦場，我帶著兩個不成器的徒弟，是與你們夫婦匯合，至於下一步如何做，得聽你的安排。」

徒弟說話囂張被打臉，伏波有些不滿，因此說話有些陰陽怪氣。

墨韻說道：「師兄到來，自然是師兄做主，我們兩個聽師兄的安排才對。」

葉御低頭站在石青靈身邊，察覺到了明槍暗箭的意味，寒遠和他師兄的關係不是那麼融洽啊。

——待續

國家圖書館出版品預行編目(CIP)資料

御火成仙 / 左夜作. -- 初版.
-- 臺中市 : 飛燕文創事業有限公司, 2025.05-

冊；公分

ISBN 978-626-413-245-9(第1冊:平裝). --
ISBN 978-626-413-246-6(第2冊:平裝). --
ISBN 978-626-413-247-3(第3冊:平裝). --
ISBN 978-626-413-248-0(第4冊:平裝). --
ISBN 978-626-413-249-7(第5冊:平裝). --
ISBN 978-626-413-250-3(第6冊:平裝). --
ISBN 978-626-413-251-0(第7冊:平裝). --
ISBN 978-626-413-252-7(第8冊:平裝). --
ISBN 978-626-413-253-4(第9冊:平裝). --
ISBN 978-626-413-254-1(第10冊:平裝). --
ISBN 978-626-413-255-8(第11冊:平裝). --
ISBN 978-626-413-256-5(第12冊:平裝). --
ISBN 978-626-413-257-2(第13冊:平裝). --
ISBN 978-626-413-258-9(第14冊:平裝). --
ISBN 978-626-413-259-6(第15冊:平裝). --
ISBN 978-626-413-260-2(第16冊:平裝). --
ISBN 978-626-413-261-9(第17冊:平裝). --
ISBN 978-626-413-262-6(第18冊:平裝). --
ISBN 978-626-413-263-3(第19冊:平裝). --
ISBN 978-626-413-264-0(第20冊:平裝)

857.7 114004735

御火成仙 01

出版日期：2025年05月初版
建議售價：新台幣190元
ISBN 978-626-413-245-9

作　　者：左夜
發 行 人：曾國誠
文字編輯：柳紅鴛
美術編輯：豆子、大明
製作/出版：飛燕文創事業有限公司
公司地址：台中市南區樹義路65號
聯絡電話：04-22638366
傳真電話：04-22629041
印 刷 所：燕京印刷廠有限公司
聯絡電話：04-22617293

各區經銷商

華中書報社	電話　02-23015389
旭昇圖書有限公司	電話　02-22451480
智豐圖書股份有限公司	電話　05-2333852
威信圖書有限公司	電話　07-3730079

網路連鎖書店

金石堂網路書店 電話：02-23649989
網址：http://www.kingstone.com.tw/

博客來網路書店 電話：02-26535588
網址：http://www.books.com.tw/

若您要購買書籍將金額郵政劃撥至22815249，戶名：曾國誠，並將您的收據寫上購買內容傳真到04-22629041

若要購買本公司出版之其他書籍，可洽本公司各區經銷商，或洽本公司發行部：04-22638366#11，或至各小說出租店、漫畫便利屋、各大書局、金石堂網路書店、博客來網路書店訂購。

▶如有缺頁、破損，請寄回更換！

Fei-Yan
飛燕文創